木戸の悪党防ぎ

大江戸番太郎事件帳 十九

特選時代小説

喜安幸夫

JN264502

廣済堂文庫

目　次

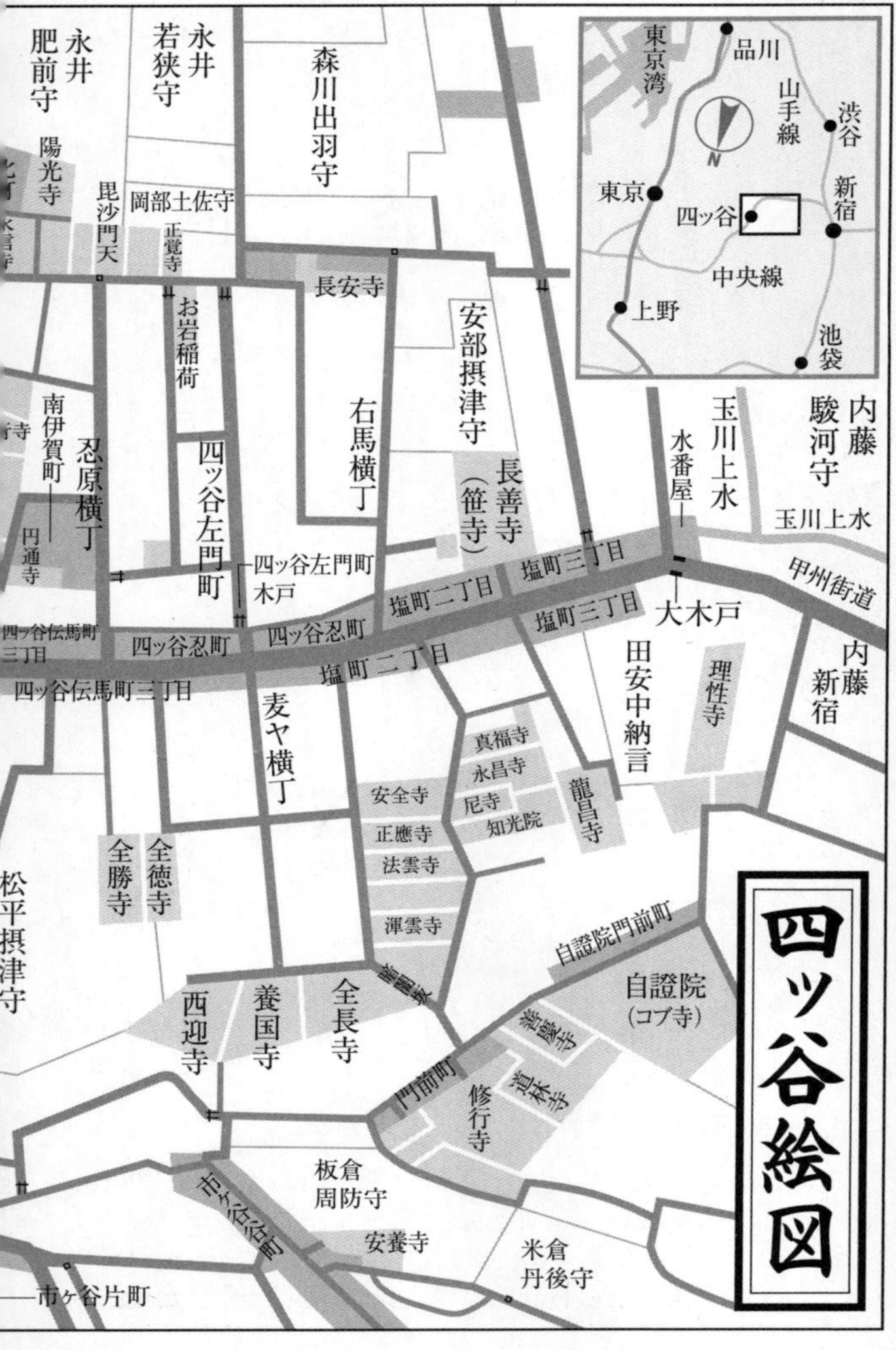

四ッ谷絵図
東京湾
品川
山手線
渋谷
新宿
東京
四ッ谷
中央線
上野
池袋
N
永井肥前守
永井若狭守
森川出羽守
陽光寺
毘沙門天
岡部土佐守
正覚寺
長安寺
お岩稲荷
安部摂津守
右馬横丁
長善寺（笹寺）
南伊賀町
忍原横丁
四ッ谷左門町
円通寺
四ッ谷左門町木戸
塩町三丁目
塩町二丁目
四ッ谷忍町
四ッ谷伝馬町三丁目
塩町二丁目
塩町三丁目
玉川上水
水番屋
内藤駿河守
玉川上水
甲州街道
大木戸
田安中納言
理性寺
内藤新宿
麦ヤ横丁
真福寺
永昌寺
安全寺
尼寺
知光院
龍昌寺
正應寺
法雲寺
全勝寺
全徳寺
渾雲寺
松平摂津守
自證院門前町
自證院（コブ寺）
西迎寺
養国寺
全長寺
門前町
修行寺
道林寺
板倉周防守
市ヶ谷谷町
安養寺
米倉丹後守
市ヶ谷片町

御駕籠町
龍谷寺
円応
表町
北町
谷町
宗福寺
南寺
鮫ヶ橋
戒行寺
西念寺
鮫ヶ橋谷町
真成院
安楽寺
愛染院
松平佐渡守
仲町
南
東
西
北
伊賀町
伊賀町
伊賀町
四ッ谷御門
四ッ谷伝馬町一丁目
四ッ谷伝馬町新一丁目
麹町十一丁目
麹町十二丁目
麹町十三丁目
麹町十三丁目
大横丁
竹町
麹町十一丁目
御箪笥町
御箪笥町
四ッ谷伝馬町
四ッ谷伝馬町
四ッ谷塩町一丁目
四ッ谷塩町一丁目
伊賀町
福寿院
伊賀町
御堀
了覚寺
十三丁目横丁
四ッ谷坂町
四ッ谷坂町
市ヶ谷本村町
法光寺
市ヶ谷本村町
市ヶ谷本村町
尾張徳川家上屋敷
木戸
自身番
市ヶ谷八幡町
市ヶ谷八幡宮
一丁=約109メートル
一丁
五丁

市ケ谷の浮気亭主

一

寒さを感じる季節になった。

(なにやら気配があるような。どうも落ち着かぬわい)

杢之助《もくのすけ》には思えてならない。

なにが……具体的なものはない。ともかく、気が休まらないのだ。

夕刻が近づき、街道がきょう一日の終わりを迎え慌《あわただ》しくなりかけたなかに、木戸番人の杢之助はおもての居酒屋の縁台に腰かけ、

「またか」

人や荷馬のながれに目をやり、眉をひそめた。

「いつまでつづくんでしょうねえ」

湯呑みを載せた盆を両手で持ち、暖簾《のれん》から出てきたおミネも、色白で面長な顔の額《ひたい》に皺《しわ》を寄せた。

甲州街道の内藤新宿から四ツ谷《よつや》大木戸を抜け江戸府内に入る旅人の多くが、この左門町《もんちょう》の木戸の前を経て江戸城外濠《そとぼり》の四ツ谷御門のほうへ向かう。その道筋をたどるのが、通行手形を持った素性の明らかな者ばかりとは限らない。

いま杢之助とおミネが目にしたのも、髷《まげ》のかたちも分からないほどの蓬髪《ほうはつ》で、あちこちに破れが目立つ饅頭笠《まんじゅうがさ》を首にかけ、つぎはぎだらけの木綿縞《もめんじま》の着物を端折《はしょ》っている。まだ若いようだが、空腹のためか垢《あか》じみた足がふらつき、そこに結んだ草鞋《わらじ》もすり切れている。男は一人だったが、村を出るときは仲間と数人で、途中でみんな飢え死にしたのかもしれない。

「せめてお粥《かゆ》の一杯でも……」

「よせ。それでどうなるものでもない」

「でも……」

言っているうちに、男は居酒屋の縁台の前を通り過ぎた。その頼りない背を杢之助は目で見送り、おミネの盆から受け取った湯呑みを一口すすり、

「あ、、ありがたい」

縁台に置いた。天保《てんぽう》五年（一八三四）長月《ながつき》（九月）なかば、世にいう天保の大飢饉《ききん》がまだつづいている。冷夏と日照りに生き延びようと在所を捨て、江戸へ出る者があとを絶たない。それで生きる糧《かて》を得る者もおれば、街の片隅で無縁仏となる者もいる。杢之助が〝ありがたい〟と言ったのは、五十路《いそじ》を五、六年も過ぎた身で、そうした世に江戸の一角で生きる処《ところ》を得させてもらっていることに対してである。

杢之助が寝起きしている九尺二間の木戸番小屋は、街道に面した四ツ谷左門町の木戸を入った左手にある。木戸の開け閉めと町の火の用心が、町々の木戸番人に定められた仕事である。杢之助が番人をする木戸は、左門町の通りから街道への出入り口となり、おミネが手伝いをしている清次《せいじ》の居酒屋は、その木戸を出て右手の四ツ谷御門のほうへ向かう一軒目である。その小ぢんまりとした木戸番小屋は、清次の居酒屋とは背中合わせになっている。

（市井《しせい》に埋もれたこの生活《たつき》、大事にしなければ）

杢之助の脳裡は、常にこの思いに占められている。

「おっと」

「あらら」

縁台のすぐ脇を、陽の落ちる前にと家路を急いでいるのか、大八車が車輪の音を響かせ土ぼこりとともに走り去った。

「そろそろお客の入る時分になったなあ」

言いながら杢之助はまた湯呑みを手にした。街道に暖簾を出す清次の居酒屋は、日の入り近くになると内藤新宿の花街へくり出す前にちょいと景気づけにといった客が多い。昼間は積荷や人の往来に馬糞《まぐそ》と汗の臭いがただよう内藤新宿だが、夕暮れには一転し脂粉の香がながれる色街へと変貌する。

江戸府内から場所柄そこへのつなぎになる左門町の居酒屋は、昼間は一膳飯屋と変わりがない。軒端《のきば》に出している縁台は、ちょいと一休みにという駕籠《かご》舁き人足や大八車の荷運び人足たちからけっこう重宝がられている。

夕刻近くのこの時分、人の足も荷駄の馬や大八車もせわしなくなるなか、府内から西方向の四ツ谷大木戸のほうへ向かう町駕籠は、そのまま内藤新宿の花街へくり込む旦那衆あたりとみてよいだろう。それらしい一挺が街道の人のながれのなかに近づいてきた。視界のなかで、さきほどの蓬髪の若い男とすれ違った。あまりにも対照的な光景だ。

「人それぞれだなあ」

「あの駕籠、どこのどなたかしら」

李之助が言ったのへ、おミネも空の盆を手にしたまま視線を投げ、

「あらら」

低く声を出した。その駕籠が縁台の前でとまったのだ。内藤新宿へ駕籠でくり出す客に、わざわざ手前の居酒屋で景気づけなどする者はいない。垂《たれ》を上げ出てきたのは、若旦那というには年行《としゆ》きを重ねているが、柔和な顔立ちで羽織もきちりとつけた男だ。

おミネは訝《いぶか》りながらも、

「いらっしゃ……」

声をかけようとし、

（あら、このお方）

嫌な表情になりかけたのを堪《こら》えたのと、

「左門町の木戸番さんでございますね」

駕籠を出た旦那風の男が声をかけてきたのとが同時だった。やはり居酒屋への客ではなく、李之助に用事があるようだ。李之助も、

（この人）

見知っている。同時に、不吉なものがヒヤリと背に走るのを感じた。

今年の春のころからだったか、いつも町駕籠で近くまで来て街道で降り、あとは歩

いて左門町の木戸を入り、通りの中ほどにある湯屋と一膳飯屋のあいだの路地に入って行く男が目につきだした。帰るときも男は左門町の通りを歩き、街道に出てから町駕籠を拾っていた。杢之助と顔を合わすことも何度かあった。そのたびに、

「——ごくろうさまです」

なにがごくろうさまなのか分からないが、目が合えば互いに声をかけるようになっていた。おミネは、男が街道で駕籠を降りたり乗ったりするのをときおり見かけるだけで、声を聞くのは初めてだ。

その男が左門町に来るのも帰るのも、定まった時刻はない。街道で駕籠の乗り降りをして左門町の通りを歩くのを、清次の居酒屋でも不審に思って話題になったことはある。だが、疑問はすぐに解けた。左門町の通りの中ほどに暖簾を張っている一膳飯屋のかみさんが下駄の音を響かせ、

「——ちょいと、ちょいと、杢さん。最近越してきたあの女さあ、三味線の師匠だなどと言ってたけど、どこかの旦那のおめかけさんだよ」

わざわざ知らせに来たのだ。その女の名を、杢之助は知っている。この町へ越してきました、と木戸番小屋を訪ね、

「——モミジと申します。三味線の教授で生計を立てております」

と、慇懃《いんぎん》に挨拶をしたものである。まるで芸妓《げいこ》の源氏名のようで、その名の示すとおり、色っぽくもあった。その後も何度か杢之助の木戸番小屋に柄杓《ひしゃく》や桶《おけ》などの荒物を買いに来たが、杢之助はこの女がどうも好きになれなかった。

甲州街道の枝道になっている左門町の通りは三丁（およそ三百米《メートル》）ばかりつづいて裏手の寺町に突き当たるが、その中ほどの一膳飯屋と湯屋のあいだの路地を入ったところにある小さな一軒屋が、一膳飯屋のかみさんが言う、どこかの旦那の妾宅《しょうたく》ということになる。

杢之助は一度、町駕籠の旦那のあとをさりげなく尾《つ》けたことがある。男はその妾宅に入って行った。

（――なるほど）

思ったものである。左門町の住人で外出に駕籠をつかったりするような贅沢《ぜいたく》ができる者はおらず、まして路地の奥まで駕籠に乗って行ったのでは、それだけで町内の噂になる。男は妾宅通いで目立たぬように気を遣《つか》っているのだろう。

「――で、囲《かこ》っていなさるのは、どこの旦那だね」

「――あれ？　杢さんも知らないのかね。それを訊《き》こうと思って来たのにさ」

と、旦那はどこの誰か、一膳飯屋のかみさんも知らないようだ。

確かに新たに書き加えられた町内の人別帳にも〝三味線師匠モミジ二十六歳〟とある。だが、それ以上の素性は知らない。そこへ、どこのお店《たな》か知れない旦那が通ってくる。木戸番人の杢之助にとっては、あまり気分のいいものではない。

（そのうちどちらかに声をかけ、訊いてみよう）

思っていたところである。

その旦那が、いま杢之助になにやら用事がありそうに、駕籠を出るなり声をかけてきたのだ。

「あゝ、これはいつもの。きょうは儂《わし》になにかご用でも？」

「はい。そのつもりで来たのでございますよ」

杢之助が応じたのへ、柔和な旦那風の男は、いかにも商人らしく辞を低くして言った。どの町でも木戸番人は〝おい、番太郎〟とか〝番太〟などと呼ばれ、町の使い走りのように扱われている。〝杢さん〟とか〝杢之助さん〟と町の者から名を呼ばれているのは、何百人といる江戸の木戸番人のなかで、左門町の杢之助くらいであろう。駕籠から降りたその男は、もちろん左門町の者ではない。いずれかのお店の旦那に違いないのだ。その旦那が番太郎に辞を低くするだけでも尋常《じんじょう》ではなく、

（なんだか気味が悪い）

のだ。

「あら、ご用でしたら中で。大したものはできませんが」

「いえ、大っぴらに話せるようなことじゃございませんので」

おミネも興味を示したのか、さきほどの嫌な気分を隠し、手で暖簾のほうを示したのへ、旦那風の男は言いにくそうにさらに辞を低くした。

「さようでございますか。だったら番小屋のほうで」

杢之助が左門町の木戸を手で示し、縁台から腰を上げ歩き出したのへ男も随《したが》った。

（いったい？）

おミネは木戸を入る二人の背を、ふたたび訝しげに見送り、

「あら、いらっしゃいませ」

明るい声に戻った。職人風の男が三人ばかり、暖簾をくぐったのだ。

二

木戸番小屋で商っている荒物類をまだかたづけていなかった。おもてで一服つけてからと思っていたのだ。それら荒物を、

「狭くてむさ苦しいところですが」

李之助は手で両脇へ押しやり、

「さあ、どうぞ」

自分からすり切れ畳に腰を下ろし、旦那風にも勧めた。旦那風は立て付けの悪い腰高障子を二、三度きしむ音を立てて閉めた。夕暮れ時で、部屋の中が薄暗くなった。

(なにやら内密のような)

李之助はさきほどのおミネと同様、いくぶん嫌な気分になった。おミネは相手がめかけを囲っている男ということで嫌悪を感じたのだが、

(揉《も》め事《ごと》でも起こっていなければいいのだが)

李之助の懸念はそちらだった。事件が起これば、場所は左門町だ。岡っ引の源造《げんぞう》が駈けつけ、事の次第によっては八丁堀の十手が入るかもしれない。そうなれば、

(この木戸番小屋が)

同心たちの詰所《つめしょ》になり、木戸番人の李之助が案内役に立つことになる。それを思っただけで、李之助は背筋がブルルと震えるのを感じる。

「で……?」

と、旦那風の御仁に用件を尋ねるにも、緊張せざるを得ない。二人は荒物を押しの

けたすり切れ畳にならんで腰をかけ、上体をいくらかねじって向かい合うかたちになった。

「わたくし、市ケ谷の割烹《かっぽう》、海幸屋《うみさちや》のあるじで卯市郎《ういちろう》と申します」

名乗った。

「えっ」

李之助は声を上げた。知っている。旦那風どころか、まさに旦那である。知っているといっても屋号だけで、木戸番人風情が下駄を脱げるような割烹ではない。名のとおり江戸湾の芝浜《しばはま》から直接運んでくる魚貝類が売りで、市ケ谷八幡宮の門前町では一、二位の格式を争い、外濠《そとぼり》の市ケ谷御門が目と鼻の先で城内の高禄の武家にも、

「――常連さんになってるのがけっこういるんでさあ」

「――それが俺にも、いいお得意さんになってくれやしてね」

鋳掛屋《いかけや》の松次郎《まつじろう》と羅宇屋《らうや》の竹五郎《たけごろう》が言っていたのは、つい最近のことだ。かえって李之助は安堵を覚えた。それほどの割烹のあるじなら、

（世間体もあり、岡っ引や八丁堀が出張《でば》ってくるような騒ぎは起こさないだろう）

とっさに判断したのだ。なるほど四十がらみで顔立ちもおっとりとしている。

「さようでござんしたか。これはお見それいたしやした。市ケ谷の海幸屋さんの旦那

さまでございましたか。そのようなお方がこんなところへまたなにを？」

「いえいえ。木戸番さんには、もうとっくにご存じのことと思いますが」

あらためて腰を浮かせ辞宜《じぎ》をする杢之助に、海幸屋卯市郎は恐縮したようにみずからも腰を浮かせ、自分より一まわりほど年を重ねている対手《あいて》への礼というよりも、

「実は……」

頼みにくいことを頼むようすで、ふたたびすり切れ畳に腰を据え、

「この通りの湯屋《ゆや》と飯屋《めしや》さんのあいだの路地を入った……」

「モミジさんのことでございますか。ここへもときおり荒物を買いに来ていただいております」

杢之助は対手に〝めかけ〟だの〝囲っている〟だのと、世間体をはばかるようなことを言わせないように気を遣い、

「そのモミジさんがなにか……」

海幸屋卯市郎の言葉を待った。卯市郎は左門町の木戸番人の心遣いを感じたか、さらに恐縮の態《てい》になり、

「はい。見張ってもらいたいのです」

意味はすぐに分かった。モミジは左門町の通りを歩いているだけでも色香の漂う、

確かにいい女だ。つまり、

「余計な者が出入りしていないか……」

間男《まおとこ》がいないかどうかを、気をつけていてもらいたいというのだ。

「そりゃあ、挙動のみょうな者がこの町を徘徊《はいかい》しておれば気にはとめますが、モミジさんとこへ張り付いているわけにもまいりませんので」

「もちろんです。ただ、余計な者が出入りしていないかどうかだけを」

言いながら海幸屋卯市郎はふところに手を入れ、巾着《きんちゃく》を取り出し、

「些少ではございますが」

「それは困ります。儂はこの町から給金をもらっておりまして」

杢之助は腰を引き、手で卯市郎が金子を出そうとするのをとめる仕草をした。金額の多少に関わらず、受け取ればそれこそ余計な揉め事に巻き込まれることにもなりかねない。卯市郎がわざわざ左門町の木戸番小屋に来たのは、思いあたるものがあるからにほかならない。実は杢之助にも、気になる節があるのだ。十日ほど前だった。いま素性が分かったが、この海幸屋卯市郎が夕刻というにはまだ早い時分、左門町の木戸を入るのを見た。そのとき、

（――ん？）

首をひねった。その日の午前《ひるまえ》だった。所用でその妾宅の前を通ったとき、屋内に人の気配を感じた。もちろんモミジはいつもいるわけだが、さらにそこへ人のいるのを感じたのだ。別段不思議には思わなかった。旦那が来ていると思ったのだ。だが、その旦那が午後にまた来る。よほど暇があっても、一日に二度も妾宅に通うことなど考えにくい。

(――ならば午前来ていたのは何者?)

首をひねったのはそこまでだ。他人の色恋を詮索《せんさく》する気はない。ただ、

(――揉め事にさえならねば)

思うだけで、深くは考えなかった。

その海幸屋卯市郎がいま来ている。

「そう言わずに、ほんの気持ちだけですから」

「いえ。儂はただ、この町が平穏であって欲しいだけでして」

押し問答をしているところへ、

「お客さんだと聞きましたので」

腰高障子に人の影が差した。志乃《しの》だ。両手で湯呑みと急須《きゅうす》を載せた盆を持ち器用に足で障子戸を開け、

「まあまあ、町内のご隠居さんかと思ったら、どこかの立派な旦那さまのようで」

言いながら杢之助と卯市郎のあいだに盆を置いた。清次の女房で、店の切盛りはおよそ志乃が取り仕切っている。おミネから話を聞き、板場に入っている亭主の清次から言われたのだろう。物見《ものみ》である。

「名前は知っているだろう。ほれ、市ケ谷の……」

「あ、木戸番さん。それでこちらは？」

海幸屋卯市郎は杢之助の口を封じるように手を前に出し、人差し指を立てた。おもてでおミネに言ったとおり〝大っぴらに話せること〟ではない。そこへまた、

「あれ？　おもてのおかみさん。それに」

「市ケ谷の旦那さんじゃござんせんか、海幸屋さんの」

開け放してあった障子戸から、松次郎と竹五郎の顔がのぞいた。二人は仕事帰りに杢之助の木戸番小屋に立ち寄り、きょう一日の世間話をしてから湯に行くのが日課のようになっている。鋳掛屋《いかけや》の松次郎は威勢よく天秤棒を肩から降ろし、羅宇屋《らうや》の竹五郎はまだ道具箱を背負ったままだ。

「おまえさん！　羅宇屋の竹さん！」

海幸屋卯市郎は驚いたような声を上げ、すり切れ畳から腰を浮かせ、

「それじゃ木戸番さん。そういうことで、なにぶんご内密に」

杢之助へささやくなり這《ほ》う這《ほ》うの態《てい》といった感じで志乃の横を、

「た、竹さん、ま、またおいで。新しいのをあつらえましょうよ」

「あぁ、旦那さま」

竹五郎の応答におかまいなく松次郎とのあいだをすり抜け、さすがに妾宅のほうへは向かわず、逃げるように木戸を出た。ということは、左門町にめかけを囲っていることは、誰にも内緒のようだ。

松次郎は鋳掛で路上が仕事場になるが、竹五郎は裏庭の縁側などに座り込み煙管《きせる》の脂《やに》取りや羅宇竹のすげ替えなどをしており、大店《おおだな》の隠居や旦那、番頭などにけっこう顔見知りが多い。

「へぇえ、さっきのが市ケ谷の海幸屋の旦那かい。でも、なんなんだい杢さん。そんな老舗《しにせ》の旦那がこんなとこへ」

「あ、ちょいと知り人《びと》を訪ねてきなすって、道を訊《き》かれただけさ」

「それにしちゃあみょうだぜ。逃げるように帰りなすった。知り人って、これかい」

松次郎が小指を立てたのへ、

「なに言ってるの松さん。そんな旦那には見えませんよ。それよりも二人とも、きょうはいい商《あきな》いができたようねえ」

志乃にも〝内密に〟との声が聞こえたか、話題を変えるように気を利かせ、

「ちょうどよかった。お茶、よかったらあんたがたでどうぞ。あたしはこれで」

竹五郎はまだ道具箱を背負ったまま、街道のほうを見ている。

「おっ。お茶がそのまま残ってらあ。ごちになろうぜ。きょうは内藤新宿をながしてよ、喉《のど》が渇《かわ》いちまったぜ」

言いながら松次郎は海幸屋卯市郎の座っていたところへ腰を据え、

「おう、竹よ。いつまでもそんなとこへ突っ立ってねえで、早く入んねえ」

竹五郎を呼んだ。

外来の者が木戸番小屋で道を訊くなど珍しいことではなく、二人はこのあとすぐ湯に行った。外商《そとあきな》いで他所《よそ》の町の話題はよく拾ってくるが、自分の町内の話題には昼間いないものだから意外と疎《うと》い。妾宅のモミジとも会っていないようだ。

陽は落ち、杢之助はきょう最初の火の用心に出た。湯屋と一膳飯屋のあいだの路地に拍子木を打ちながら入り、妾宅の玄関前を通ったが、明かりだけで変わった気配はなかった。

五ツ（午後八時）時分だった。木戸番小屋の腰高障子の外に、

「おじちゃーん」

太一《たいち》の声が足音とともに走った。今年十一歳になるおミネの子供だ。昼間手習い処から帰ると、

「おっ母ア、手伝ってくらあ」

と、毎日おもての居酒屋の板場に入り、皿洗いと菜切りをしている。

障子戸が開いた。おミネだ。顔だけ障子戸の中に入れ、

「ねえ、杢さん。あの旦那、市ケ谷の海幸屋さんだとか。モミジさん、あたしも知ってるけど、みょうなことに巻き込まれないでくださいよねえ」

「あゝ」

志乃から聞いたのだろう。油皿の灯芯一本の灯りに浮かぶ白い顔に、軽い嫌悪を浮かべていた。杢之助に、めかけの相談などに乗ってもらいたくないようだ。

「おっ母ア、早く」

腰高障子の外で、太一がおミネを急かした。四、五歳のころは朝から木戸番小屋で過ごし、夕刻には杢之助の掻巻《かいまき》にくるまって寝込み、おミネが迎えにくるまで寝息を立てていたものだ。十一歳ともなれば、木戸番小屋で杢之助の膝に乗ることも寝そ

べって時を過ごすこともなくなっている。そこに杢之助は一抹の寂しさを感じている。

「はよう」

また聞こえた。帰るといっても、木戸番小屋の奥の棟割《むねわり》長屋が塒《ねぐら》だ。わずかな月さえ出ておれば提灯《ちょうちん》なしで帰れる。松次郎と竹五郎もおなじ長屋で、湯から戻ってもう煎餅布団《せんべいぶとん》にくるまって白河夜船であろう。

おミネと太一の足音が長屋のほうへ遠ざかってからすぐだった。これもいつものことだが、音もなく腰高障子が開いた。

「上がりねえ」

「へえ、肴《さかな》はのちほど志乃が」

熱燗《あつかん》のチロリを提げ、低い声で入ってきたのは、おもての居酒屋のあるじ清次だ。うしろ手で障子戸を閉めるのにも音を立てない。杢之助と清次が日暮れてから顔を合わせるとき、ともに音無しの構えになるのは、二人の身に染みついた習性である。

清次は杢之助より一まわりほど若く、ともに筋肉質の細身だ。

「いつも余り物ばかりで申しわけござんせん」

すり切れ畳の上で向かい合わせになり、清次は杢之助の出した湯呑みへチロリの熱燗をそそいだ。まわりに他人《ひと》の目がないとき、街道おもてに暖簾を張る清次が木戸番人の杢之助に辞を低くしているのは、歳の差によるものではない。

「ふふふ、清次よ。おめえ、また言いたいのだろう。取り越し苦労だってよう」

「へえ。さようで」

杢之助が言ったのへ、清次は手酌《てじゃく》の湯呑みを口にあて、

「志乃も言っておりやした、騒ぎを起こしそうな旦那じゃないって。あっしも市ケ谷の海幸屋さんなら知っておりやすよ」

名代《なだい》の割烹と街道の居酒屋では格が違う。だが、飲食の商いという点では同業だ。噂もいろいろと耳に入る。海幸屋は以前から市ケ谷では老舗だったが、

「――出すものも、すっかり屋号にふさわしくなったじゃないか」

人々が噂しはじめたのは四、五年前からである。これまで材料は包丁人が毎朝日本橋の河岸《かし》まで行って仕入れていたのを、江戸湾芝浜の漁師と款《かん》を結び、浜で舟ごと買い取るように仕入れの仕組を変えたからだった。それができたのは、そのころ迎えた嫁、おセイの実家の口添えがあったからだ。おセイの実家は品川宿《しながわしゅく》で江戸府内にも名の知られた海鮮料理の浜屋《はまや》だ。市ケ谷でも品川宿の浜屋を知る客には、出された料理を口にするなり、

「――おや、品川の浜屋さんが越してきたような」

などと言う通人《つうじん》もいた。おセイは嫁入りのとき、浜屋から包丁人も幾人か連れてきていた。もちろん若女将《わかおかみ》としておもての采配を振るい、

「──しっかりした、いい若女将が来なさった」

と、常連客から評判はよかった。それだけの修行を、実家で積んでいるのだ。

「そこの若旦那がきょう来なすった卯市郎さんてことかい。しっかり者の女房どのに左団扇《ひだりうちわ》とはうらやましい限りだが、あの柔和な顔を見ていたら、かえって外にめかけを囲う気持ちも分かるような気がするぜ」

「あっしもそのように。もっとも、卯市郎旦那をあっしは直接には知りやせんがね。噂ではおとなしいお方だとか」

「そういう感じだった。おっ、肴だな」

気配で分かる。

障子戸が音を立てて動き、

「こんなものしかなくって、ごめんなさいねえ」

志乃だ。湯豆腐を盛った皿を盆に載せ、それを両手で支えたまま器用に障子戸を手と足で開け、さらに熱燗入りのチロリをもう一本提げている。

「さあ、冷めないうちにお早く」

すり切れ畳の上に盆とチロリを置くと、

「いつも、すまねえなあ」

「いいえぇ」

李之助の声を背に、外からまた障子戸を閉める。おミネとは対照的に、町の噂話にも、まして李之助と清次の話には一切立ち入ろうとしない。志乃だけが唯一、二人の以前を知っているためかもしれない。だから李之助が町の〝安寧〟を願って動きだしたときには清次がそれを支え、さらにその清次を黙って裏から支えている。

闇に沈む腰高障子の向こうに、下駄の音とともに人の気配は去った。

「まったくおめえには」

「よしてくだせえ。過ぎた女房って言いたいんでしょう」

「ふふ。そういうことさ。おかげで儂《わし》も助かってるってことさ」

「それはともかく、李之助さん。海幸の旦那、どうせモミジさんの日常に気を配ってくれと頼みに来なすったんでござんしょ。そんなの、適当に応《こた》えておきなせえよ」

「そりゃあ、そうしたいさ。しかし、なあ」

「ほれ。それが取り越し苦労ってんですよ」

「ふーむ」

李之助は頷いた。事件が起きたわけではない。海幸屋卯市郎の話題はこの日、それ以上には進まなかった。

夜四ツ（およそ午後十時）には硬い拍子木の音とともに、町内に火の用心の李之助の声がながれ、さらに木戸を閉める木のきしみが低くながれる。

木戸番小屋に戻った李之助は、提灯の火を油皿に移した。一日の終わりである。さらにその灯芯の小さな炎も吹き消した。内も外も、闇となる。薄い蒲団の中に、

（何事も起こらねばいいが）

李之助は目を閉じた。

三

「おう、李さん。行ってくらあよ」

腰切半纏《こしきりばんてん》を三尺帯で決め、天秤棒の紐《ひも》を両手でつかんで均衡を取り、触売《ふれうり》で鍛えた大きな声は松次郎だ。毎日の行事のように木戸番小屋に一声入れてから木戸を出る。

おなじ姿の竹五郎がつづき、

「きょうも内藤新宿だけど、市ケ谷の旦那にも声をかけられたしねえ」

背の道具箱の羅宇竹にカチャカチャと小気味のいい音を立て木戸に向かう。

外商《そとあきな》いの棒手振《ぼてふり》が長屋を出るのは明け六ツ半（およそ午前七時）ごろだ。松次郎も竹五郎も棒手振には違いないが、ただ物を売って利ざやを稼ぐのではなく、技《わざ》が売りである。物売りだけの棒手振よりも実入《みい》りは多い。

「おうおう、待ちねえ」

杢之助は下駄をつっかけ、敷居を飛び出た。

「だったら、あしたは市ケ谷かい」

木戸を出たばかりの二人の背に声を投げた。

「おう。竹がそう言うからよう」

松次郎が天秤棒に均衡を取りながら首だけを振り返らせ、握った両天秤の紐をブルルと振った。仕事に向かうときのいつもの仕草だ。竹五郎もそれに合わせ、背に両手をまわして道具箱をグイと持ち上げ、羅宇竹にガチャリと音を立てた。

「おう、気張ってきねえ」

杢之助は四ツ谷大木戸のほうへ向かう二人の背を見送った。やはり一晩寝ても、

（騒ぎにならねばいいんだが）

海幸屋のあるじがわざわざ左門町まで来たことが気になっていた。街道にはもう大

八車も荷馬も往来人も出て土ぼこりが舞い、江戸の一日は始まっている。

五ツ（およそ午前八時）近くになれば、太一が木戸番小屋に声を響かせ、手習い道具をヒラヒラさせながら街道に飛び出す。

「おじちゃーん」

太一が木戸番小屋に声を響かせ、手習い道具をヒラヒラさせながら街道に飛び出す。

おミネがあとを追いかけ、

「ほらほら、大八車だよ。気をつけて」

木戸のところから声を投げる。太一は街道を挟んだ向かい側の麦ヤ横丁にある手習い処に通っている。手習いの始まるのは朝五ツだ。

おミネはそのあとすぐ右手の居酒屋に入り、朝早くから軒端に縁台を出し、一杯三文の茶を商っている志乃と交替する。すでにお店者風《たなものふう》が三人、腰かけて茶を飲んでいた。この時分、旅に出る仲間を四ツ谷大木戸まで送り、その帰りにちょいと喉を湿らせる客がけっこういる。いま座っているのもそうした客のようだ。

太一を見送りに街道まで出てきた杢之助におミネが、

「まったくさあ、杢さんが間男の見張りをするなんて、あたしゃ嫌ですよう」

「これも町の安寧のためと思えばさ」

眉間に皺《しわ》を寄せるのへ、杢之助は軽く返した。

おミネは、

「あらあら早くから、どうぞごゆっくり」

縁台の客に声をかけながら店に入り、杢之助は木戸番小屋に戻って、

「さあて、儂も」

荒物をすり切れ畳の上にならべはじめた。

腰高障子は開けたままである。おミネではないが、海幸屋卯市郎に頼まれたことが気になる。すり切れ畳に胡坐《あぐら》を組み、視線を障子戸の外に向けた。左門町の通りがよく見える。街道の枝道であれば往来人はけっこうあり、もちろん町内の者ばかりとは限らない。見知らぬ者も多い。だが、胡乱《うろん》な者に杢之助の嗅覚は鋭いものがある。

その嗅覚が感じた。午《ひる》近くである。

「ん？　あれは」

うしろ姿、いましがた街道から木戸を入ってきたようだ。まだ若く、着流しで二十代のなかばくらいか、肩をいからせているが撥剌《はつらつ》さの感じられないのは、

（遊び人か。まさか朝から間男？）

左門町の通りを奥へと向かっている。その姿が、半分だけ開けた腰高障子から見えなくなった。杢之助は腰を上げ、三和土に下りて目で男の背をとらえ、敷居をまたい

だ。

「おう、バンモク」

不意に背後から声をかけられた。だみ声だ。振り向かなくても分かる。

（まずい！）

杢之助は一瞬、身を硬直させた。岡っ引の源造だ。通りを行く男に気をとられ、源造が背後に迫ったのを気配すら感じなかったのだ。

ゆっくりと振り返った。太い眉毛にきつい目つきがそこにある。

「さすがだな。おめえもあの若え与太《よた》に目をつけたかい」

どうやら源造はその着流しの男を尾《つ》けているようだ。

「いや。目をつけたわけじゃねえが、見慣れねえやつだったもんで」

「そうかい。まあいいや。ともかくこの町ではおめえが一緒だと心強《こころづ》え。おっ、曲がりやがったぜ。ついてきな」

源造は若い男の背に目をやったまま顎を前方にしゃくり、木戸番小屋の前からまた歩きだした。獲物を見つけたときの源造の癖《くせ》で、眉毛をヒクヒクと動かしている。男が曲がったのは通りの中ほど、湯屋と一膳飯屋のあいだの路地だ。なんの変哲もないあの路地へ、町の者ではない遊び人風の男が入ったとなれば、行く先はさっき脳裡を走ったように一カ所しかない。しかも、その男を源造が尾けていた。

（いったい？）

李之助は腰高障子を開けたまま随《したが》い、源造と肩をならべた。木戸番小屋に火の気はなく、留守のあいだに町内の者が荒物を買いに来ても、お代をすり切れ畳の上に置いて品物を勝手に持っていく。値が分からなければ適当に置いていって、あとでまた清算に来る。それが町内の木戸番小屋の商いだ。

「おめえの目もさすがだぜ。あの野郎よ、市ケ谷から尾けてきたのさ。で、おめえはなんで目をつけた」

「さっき言ったろう。見慣れねえ野郎だからさ。別に理由《わけ》あってのことじゃねえ。さあ、急がねえと見失うぜ」

「おう、そうだな」

二人は足を速めた。李之助にすれば源造の問いをかわし、逆に尾けていた理由を質《ただ》したいところだ。岡っ引が尾行していた相手が左門町に入ったとなれば、それだけで事は重大だ。

角を曲がった。

「ん、どこへ？」

源造が焦った声を吐く。

「行こう、源造さん」

杢之助は急かした。おなじ角を曲がった。

（やはり）

杢之助が思うのと源造が、

「おっ。なんだ、あの家は」

言うのが同時だった。

二人は足をとめた。海幸屋卯市郎の妾宅だ。住んでいるのはモミジ……。

「行ってみよう」

「おう」

男が入った小さな玄関口の前をさりげなく通り過ぎた。格子戸の中に人影はなく、男はすでに部屋へ上がったようだ。中で揉めているようすもない。ならばあの男は……モミジの知り人。やはり間男か……。ということは、男は何度か左門町の木戸を通っていることになる。だが、きょう初めてその者を意識した。胡乱《うろん》な者なら、ただそれだけで気がつくはずだが、

（やはり日ごろの注意は怠《おこた》っちゃいけねえ）

反省の思いと同時に、李之助は声を低めた。

「源造さん。ともかく木戸番小屋で」

「おう。この町のことはおめえに訊くのが一番だからなあ」

源造は杢之助に随った。

路地を出た。左門町の通りを、木戸番人の杢之助と岡っ引の源造が一緒に歩いているだけでも、町の者は、

「なにかあったのか」

思うはずだ。杢之助はそうした目を気にしながら、

「で、源造さんは、どうしてあの男を？」

問いの先手を打った。源造の答えによって、どこまで話していいか計ろうとしているのだ。源造は応《こた》えた。

「あの野郎、まだガキのくせして犬目《いぬめ》の助十《すけじゅう》などと二つ名を名乗りやがって」

「ほう。やはり与太かい」

「そうさ。市ケ谷でとぐろを巻いていやがってよ。十日ほど前《めえ》だ。野郎、御箪笥町《おたんすちょう》へ挨拶《あいさつ》を入れに来やがったのよ」

御箪笥町は外濠《そとぼり》の四ツ谷御門外の町で、源造の塒《ねぐら》がそこにあり、女房に小さな小

間物屋をやらせている。

「なんの挨拶だい」

「それがよ、笑わせるじゃねえか。市ケ谷界隈のことなら隅の隅まで知ってるから、俺の役に立ちてえなどとよ」

「つまり、下っ引にしろってかい」

「そうよ」

左門町の通りは、甲州街道に面した木戸から裏手になる南側の寺町までわずか三丁（およそ三百米《メートル》）ほどで、その半分の道のりだから話しているうちに、もう木戸番小屋の前だ。買い物客が来たようすはない。

「ともかく座りねえ」

杢之助はすり切れ畳に上がって荒物を押しのけ、源造の場をつくった。源造までからんでいるとなれば、事態は間男ばかりではなくなりそうだ。

「それで、下っ引になりてえって者を、なんで尾けなさる。疑問がありゃあ、正面切って問い質《ただ》しゃいいじゃねえか」

「おめえらしくもねえことを」

言いながら源造は勢いよくすり切れ畳に腰を落とし、片足をもう一方の膝に乗せ、上体を杢之助のほうへよじった。

「下っ引といやあ、俺の手足になろうってやつだぜ。それがよ、おめえも見てのとおり、与太っている野郎となりゃあ、日ごろの行状を調べなきゃならねえ」

「もっともだ」

「俺があの野郎を市ケ谷で見かけたのは三月《みつき》も前《めえ》にならあ。気になるやつで……」

源造が話すには、塒は市ケ谷八幡宮の裏手に置き、門前の茶店や飲食の暖簾がならぶおもて通りに出ては、茶汲み女に難癖《なんくせ》をつける客を店から追い出したり、酔った客同士の喧嘩の仲裁などをしては小遣いにありつく日々を送っているらしい。

「それだけじゃねえ」

源造は言う。

「怪しげな口入屋《くちいれや》の手先になり、そこがどうも気になるのよ。野郎の塒ってのはその口入屋の人宿《ひとやど》でなあ」

「怪しげな口入屋？　どのようにだい」

「それが分からねえから怪しいのよ。それよりもさっき野郎が入っていった小さな一軒家よ。誰が住んでるんだ。そのほうが気にならあ。あの家、なんなんでえ」

源造は身を乗り出した。杢之助からも事情を説明しないと、話は前に進まない状況

になった。どこまで言ってよいか迷いながらも、

「女だ」

「女？　なんでえ、それは」

「つまりだ、おめかけさん」

「なに！　あの助十の？　笑わすねえ」

「誰があの若《わけ》え助十とかのめかけと言ったよ」

「えっ。だったら、つまり……」

「そうよ」

「くだらねえ。おれはあの口入屋の尻尾《しっぽ》がつかめやしねえかと、市ケ谷からここまで尾けてきたのによ。それが間男たあ、人をバカにしやがって。俺ア、帰《けえ》るぜ。あとはおめえに任せらあ。せいぜい二つに重ねて四つになんて騒ぎにならねえよう見張っててやんな」

　源造は上体をもとに戻し、腰を上げながらどうでもいいような口調で、

「で、女の名はなんてんだ。それに、どこの誰だい、囲ってるのは」

　杢之助は思い切って言った。

「モミジってえ色っぽい女《ひと》で、旦那はほれ、あんたの縄張内《しまうち》だから知ってなさろう。

海幸屋の卯市郎旦那だ」

「なんだって！　海幸は市ケ谷じゃねえか。それにモミジだって？」

源造は腰を据えなおした。

「モミジさんも知ってなさるのか」

「知ってらあ。おめえの見たとおり、色っぽい女だったぜ。そいつが卯市郎旦那の色になってこの左門町にいたとは。うーん、しかも若え間男が犬目の助十たあ、こいつぁあただじゃ収まらねえぜ」

源造は忙しくまた腰を上げた。そのまま勢いをつけ敷居をまたごうとする。杢之助は面喰《めんくら》った。思いもよらぬ源造の反応だ。

「待ちねえ。なにか経緯《いきさつ》がありそうだなあ。いまからあの路地奥に乗り込もうってのかい。逆に問題をこじらせるだけじゃねえのかい」

「それもそうだなあ」

源造はまた腰をすり切れ畳に戻し、

「おめえもこの町の木戸番だ。知っておいたほうがいいだろう」

胡坐《あぐら》を組んでいる杢之助のほうへふたたび身をよじった。

海幸屋に品川宿の浜屋からおセイが嫁入りしてきたのは五年前で、先代の女将《おかみ》がその一年後に死去し、それ以来若女将のおセイがおもてを取り仕切り、けっこう評判もいいらしい。それが二年前に先代のあるじも病死し、

「卯市郎旦那は気のいいお人でなあ、海幸屋は裏も表もおセイ女将の取り仕切るところとなり、料理が屋号どおりと評判をとるようになったのもそのころからだ。そりゃあおめえ、材料の海の幸が日本橋の河岸へ運ばれる前《めえ》に芝浜で買い取ってくるんだから、四ツ谷や市ケ谷の同業は太刀打ちできねえやな。それに品川の浜屋から包丁人まで呼び寄せて腕を振るわせてるってんだから、舌の肥えた粋人《すいじん》にゃたまんねえわさ」

「店の外向きはそれでいいだろうが、内向きは大丈夫なのかい」

「そこよ。当然、前からいたのとおセイ女将の呼び寄せたのとでいがみ合いは生じらあ。それが仲居にまで及んでよ」

海幸屋で色っぽいと評判だったモミジがお暇《いとま》になったのが半年前《めえ》で、どこへ行ったのか気になっていたのが、

「よりによって左門町で卯市郎旦那にめかけ奉公たあ」

「市ケ谷に一波乱起こると見るのも、無理はねえなあ」

杢之助はさらに問いを入れた。

「あんた、さっき怪しげな口入屋がどうのって言ってなさったねえ。それとの関わり

はなんなんでえ」

「そこよ。ここまで来たんなら話しとこう。おめえの手を借りなきゃならねえかもしれんからなあ」

源造は太い眉毛を上下させ、李之助は胡坐のまま一膝前ににじり出た。場合によっては、とてつもない火の粉になるかもしれないのだ。

「一年ほど前だ。市ケ谷の八幡さんの裏手によ、口入屋が暖簾を出しやがったと思いねえ」

源造は上体を前にかたむけ、声を低めた。

「時節柄よ、無宿の者が日傭取《ひようとり》でもなんでも仕事を得て、まっとうに生きるきっかけをつかめればと思ってよ、この界隈にながれてきた者をよろしく面倒をみてやってくんねえと、俺のほうから挨拶《あいさつ》を入れたのよ」

「ふむ」

李之助は頷《うなず》いた。本来なら看板を出した口入屋のほうから、土地の岡っ引に菓子折りでも持っていくのが筋だ。だが源造のほうから出向いたのは、市ケ谷のような繁華な町を縄張に持ち、ここ一、二年、飢饉で江戸へながれ込んでくる無宿者に気を揉んでいたからでもある。頼りになる岡っ引というか、いつも肩をいからせて縄張内を闊歩しているにしては、みょうに面倒見のいいところがある。源造が町の衆から敬遠されず、杢之助も秘かに警戒しながら親しくしているのは、源造のそうした男気《おとこぎ》が気に入っているからだ。

「屋号はよ、鶴川屋《つるかわや》ってぬかしやがった。名は彦左《ひこざ》だ」

「鶴川？　いまモミジさんとこへ上がり込んでいる若《わけ》えの、犬目《いぬめ》っていったなあ」

「おう。そうだが、それがどうかしたかい」

「関係あるかどうか知らねえが、甲州街道でよ、武蔵国《むさしのくに》から甲斐国《かいのくに》に入ってすぐの宿場に、鶴川と犬目ってのがあらあ。二つはゆっくり歩いても半日とかからねえ近い距離だ」

「おっ、そうかい。さすが元飛脚だ。鶴川はともかく、犬目たあみょうな名を名乗りやがると思ってたが、土地の名だったのかい。それに鶴川屋彦左と同郷ってことになるなあ。そういやあ、なまりが似ていたようだ。犬目の助十が鶴川屋の人宿に棲《す》みついていやがるのも、なんとなく納得がいかあ」

口入屋の人宿とは、宿無しで働き口を求める者がしばらく身を寄せる木賃宿《きちんやど》のことだ。そこにとぐろを巻き、市ケ谷の茶店の通りを闊歩《かっぽ》し、しかも下っ引になりたがっている。源造でなくても不審に思うだろう。

「で、源造さんよ。ご本尊の口入屋だが、どう怪しいのでえ」

「それが分からねえ。だから怪しいって言ったろう」

ハッとした。杢之助の最も怖れる、

(岡っ引の勘《かん》)

である。

「そうかい。ま、モミジさんのとこは、儂が気をつけておこうじゃねえか」

「頼むぜ。そこからなにか糸口でも見えりゃあ御《おん》の字だ」

「おっ、源造さん。そのまま身を隅へ寄せねえ。犬目だ。いま帰《けえ》りのようだ」

「えっ。そうかい」

源造は心得たものである。自分は腰高障子に背を向けている。向かい合っている杢之助からは外が見える。源造は振り返るような素人っぽいことはせず、外からの死角に身を寄せ、

「おかしい。間男でしっぽり濡れるにゃ早すぎるぜ。よし、バンモク。モミジへのさぐりはおめえに任すぜ」

「あ、」

杢之助は視線を外に向けたまま返した。犬目の助十は着物の裾《すそ》を手でちょいとつま

み、いなせを気取って草履《ぞうり》に音を立てて歩いている。木戸番小屋の腰高障子が半分開いているが見向きもしない。他の町の番太郎と同列に見ているのだろう、歯牙《しが》にもかけていないようすだ。通り過ぎた。

「行ったぜ」

「よし」

源造は木戸番小屋を出た。いつものことで、腰高障子を開けたままだ。

「さあて」

杢之助は胡坐の足を組み替え、モミジに訪《おとな》いを入れる口実を考えた。女一人で物騒だから気をつけなせえ、では間合いが持たないし、余計なことと玄関口で追い返されかねない。さきほどの助十は間男ではなかったようだし、だったら何用で……ますます気になる。

一方、源造は、

「おう、助十。待ちねえ」

清次の居酒屋の前で犬目の助十を呼びとめていた。店はちょうど昼めし時分となっていた。

四

李之助は口実を考えながら、

「おっ」

声を上げた。源造が閉めなかった腰高障子の向こう、しなやかに歩いてくる女人《にょにん》、モミジだ。もう下駄の音が聞こえるほど近くになっている。おミネや志乃と違い、高価な駒下駄だが、重そうに聞こえる。目が合った。軽く会釈をする。木戸番小屋に用事があって来たようだ。李之助は戸惑った。聞き込みを入れるにも、なにをどう切り出すか、まだ考えていなかったのだ。

「木戸番さん」

モミジは敷居をまたぎ、三和土に入ってきた。

「その笊《ざる》を一枚くださいな」

「これですかい」

李之助はモミジが指さしたのを手に取って渡し、

「なんだか顔色がすぐれねえようですが、心配事でも？」

「え、えゝ」

脈のありそうな返事に、

（さっきの助十、なにか問題を持ち込んだ）

杢之助は直感した。

「儂はねえ、モミジさん。この町の木戸番として、町が静かなのをいつも願っておりやしてね。よかったら、座っていきなさらんか」

源造の座っていたところが、まだ空いたままだ。

「え、えぇ」

モミジは戸惑いをみせた。

「――この町に住んで心配事があったらさあ、木戸番の杢さんに相談しなよ」

一膳飯屋のかみさんから聞いているはずだ。無銭飲食や酔っ払いだけでなく、町内の夫婦喧嘩でも、杢さん杢さんと一膳飯屋のかみさんが下駄の音も高らかに杢之助を呼びに走ってくるのだ。実際、それで町内は丸く収まっている。

「この町のことじゃないんですけど」

モミジは話そうか話すまいか、迷っているようすだ。

「市ケ谷ですかい」

「えっ、ご存じで!?」

「ときどきこの町で見かける品のいいお店者風のお人、市ケ谷の海幸屋さんでは。源造親分も見かけなすって、首をかしげていやしたよ」

「えぇえ！　源造親分も？」

杢之助の誘い水に、モミジは源造以上に大きな反応を見せた。

「ともかく座りなせえよ」

「え、えぇ」

町内のおかみさんやご隠居が木戸番小屋で腰を据え話し込んでいくのは珍しいことではないが、モミジがそこに腰を下ろすのは初めてだった。

杢之助はさらに誘い水を入れた
モミジはやはり品川の浜屋から来た若女将に嫌われたようだ。お色気は割烹の風格に馴染まないというのが理由では仕方もなかろう。だが出るとき、旦那の卯市郎に声をかけられた。若女将に一矢報《いっしむく》いるためにも卯市郎の誘いに乗り、四ツ谷左門町に住まうようになったという。市ケ谷から近くもなく遠くもなく、卯市郎が通うにはちょうどいい場所といえようか。だが、源造がこの左門町界隈まで縄張にしているとは、モミジも卯市郎も知らなかったようだ。モミジも卯市郎も、源造を四ツ谷御門から市ケ谷御門にかけての親分と思っていたようだ。

「さっき、遊び人風の若い者が左門町《の》の木戸を入って、小半時（およそ三十分）もしねえうちにまた出ていったが。モミジさん、あんたを訪ねていったんじゃないのかね。あの若い者、口入屋で鶴川屋の助十じゃねえのかい」

「そ、そこまで！　そ、そうなんです」

すり切れ畳に腰を下ろし、うつむきかげんだったモミジは、不意に顔を上げ身を杢之助のほうへねじった。観念したか、思い切ったようなようすだった。

「そうかい。話してみなせえ。どうやらあの助十め、モミジさんに揉め事を持ってきたようだねえ。ここにも源造親分はよく来なさるが。なんなら、儂から相談してみましょうかね。それとも、この左門町だけで話をかたづけますかい」

犬目の助十は間男どころか、卯市郎がモミジを囲っているのを嗅ぎつけ、若女将にばらすぞと強請《ゆす》っている……。

（それなら源造に話して助十を絞めあげ、簡単にカタはつく）

杢之助は思った。だがモミジが言うには、悩みはさらに深かった。

犬目の助十がモミジを尋ねてきたのは、これで三度目だという。一度目は一月《ひとつき》ほど前で、市ケ谷から町駕籠のあとでも尾けたのか、若女将がお払い箱にしたモミジを卯市郎が左門町に囲っているのを嗅ぎつけ、黙っていてやるからと確かに強請《ゆすり》だった。

「卯市郎旦那に迷惑がかかってはと、一両、渡しました」

モミジは言う。

さらに十日ほど前、また来て一両……。モミジは卯市郎旦那に心配をかけてはならないと、なおも黙っていたらしい。どうやら杢之助が、

(旦那が妾宅を一日に二度も訪れるはずは……)

と、首をひねった日のことのようだ。なにやら隠しているモミジのようすに卯市郎は気づき、〝間男では〟と疑いを持ち、左門町の木戸番人の杢之助に見張りを頼んだのだろう。

そしてきょう、

「――もう小遣《こづか》いはいらねえから、俺の同郷の者を、下働きでもいいから海幸屋で雇ってくれるよう卯市郎旦那に頼んでくれ」

モミジが面喰うほど、助十は辞を低くしたというのだ。

「あたし、強請られるよりはと思い、承知しました」

モミジは言い、

「でも、無理ですよ。お店のことは、もう奥向きも表向きもみんな女将さんが仕切っ

ていなさって。卯市郎旦那はなにもできないのです。だからあたし、せめてこのようなことで旦那さまをお慰めしようと……」

めかけ奉公をしているのだと、そこまで話を進めた。嘘《うそ》はなさそうだ。

「ですが木戸番さん。あたし、恐いのです。卯市郎旦那の口利きで若女将が人を雇うようなことはしません。だったら、そのあと助十がどんなことをするか……」

「分かった、モミジさん。ともかく源造親分とも相談して、なんとかしようじゃないか。あの親分は話の分かるお人だ。儂も騒ぎにならねえよう、一肌ぬごうじゃないか」

杢之助は請負《うけお》った。

モミジは話して気がいくらか晴れたのか、腰を上げふかぶかと辞儀をした顔色は、来たときよりもよくはなっていた。

腰高障子はモミジが外から閉め、部屋の中で杢之助は一人になった。

「うーむ」

考え込んだ。強請をやっていた者が不意に辞を低くする。

(みょうだ)

それに口入屋が人宿に住まわせている寄子《よりこ》の奉公口をさがすにしても、まともなら強請っていた相手に仲介を頼むようなことをするはずはない。

(なにかある)

源造じゃないが、それが分からないからますます胸騒ぎがしはじめた。

街道で、

「――待ちねえ」

背後から呼びとめた源造は、振り返ってハッとしたようすを見せる犬目の助十に、

「面《つら》、貸しな」

すぐ横の暖簾へ顎《あご》をしゃくった。清次の居酒屋だ。

「いらっしゃ。あ、源造親分」

おミネは源造を毛嫌いしているが、志乃は、

「おやおや、きょうはお連れさんですか」

愛想よく飯台《はんだい》を手で示し、

「昼間ですが、一本つけましょうか」

と、岡っ引をもてなすのにソツがない。

清次が板場から顔を出した。源造が左門町の木戸を入ったのをおミネから聞き、な

かなか店に来ないものだから気になっていたのだ。昼めしどきか夕めしどきに源造が左門町に来れば、かならず清次の居酒屋に立ち寄る。どこでもそうだが、タダ酒にタダ飯だ。

「おう、隅をちょいと借りるぜ」

源造は一番奥の飯台に向かい、助十の肩をつかまえ樽椅子《たるいす》へ押し倒すように座らせた。他の飯台はすぐに埋まり、源造は眉毛をヒクヒクと動かし声を殺しているので、志乃もおミネもなにを話しているか聞き取ることはできなかった。ただ、込み入った話をしているのは雰囲気から分かる。

モミジを訪《たず》ねた理由は、モミジ自身が杢之助に明かしたのと一致していた。同郷の者を一人雇ってもらいたいと……。

さらに、

「おめえ、下っ引になりてえんなら、それ相応の手土産があるんだろうなあ」

「へえ。つまりそれは、その、市ケ谷にとぐろを巻いて悪事を働いている者《の》を、掃除する材料みてえなもんでして」

「なにかあるのか」

「へへ。そこはそれ、蛇《じゃ》の道は蛇《へび》と申しましょうか、下っ引のお墨付きさえもらえりゃあ、存分に探ってみせまさあ」

なにやらつかんでいそうな、出し惜しみしているような言い方だ。源造は鶴川屋彦左のみょうに腰の低い、不気味に頬骨《ほおぼね》の窪《くぼ》んだ面相を思い浮かべたが、口には出さなかった。助十は鶴川屋の人宿にとぐろを巻き、寄子というよりはその一味の一人なのだ。だから助十は、他の寄子の奉公口を求めておめかけさんから旦那への糸口を得ようと……みょうな手法だが熱心なことではある。

昼めし時分、荷馬人足や職人らで店は混んできた。

「おめえはもう帰《けえ》んな」

「へ、へえ」

助十はオドオドと席を立ち、暖簾のところで振り返った。心配なのだ。このあと、もし源造が直接モミジに聞き込みを入れたなら、強請っていたのがばれる。それともモミジは源造に、左門町で卯市郎に囲われていることを女将には伏せてくれと頼み、おひねりを袖の下に入れるかもしれない。

(へん。いい商売だぜ、岡っ引たあ)

鼻でせせら笑い、助十は街道のながれに乗った。

「おう、じゃましたな」

源造もすぐに樽椅子から離れ、暖簾を出た。清次が志乃に目配せした。志乃は心得たもので暖簾を出たがすぐに戻ってきて、

「おまえさん。源造さん、また杢さんのところへ入りましたよ」

報告した。これには清次も、

（いったいなにが……）

首をひねった。

「おう、バンモク」

源造は勢いよく木戸番小屋の腰高障子を引き開けた。

「あれ？　源造さん」

と、源造が木戸を出てすぐ助十をつかまえたのは意外だったが、逆に都合がいい。

「さっき、モミジさんがここへ来なさったよ」

「ええ！」

源造にもそれは意外だった。半分開け放した腰高障子の中で、岡っ引の源造が杢之助となにやら頷《うなず》き合いながら話し込んでいるようすは、通りかかった者には、

（なにかあったのか）

思わせるかもしれない。だが、閉めたらなおさら不安を呼ぶだろう。話は進んだ。

奉公口の世話を……モミジと助十の言は一致していた。だが、

「なに！ 助十め、モミジを強請ってやがったのか。それで俺の下っ引になりてえたあ、ふてえ野郎だ。許せねえぜ」

「そう、許せねえ。だがよう、このことはしばらく卯市郎旦那には伏せて、モミジさんがどうしなさるか、それに助十が海幸屋さんに入れたがっている同郷の者とは誰か、見きわめてみねえかい。そこからあんたが気にしている、鶴川屋とかいう口入れ稼業の裏も見えてくるかもしれねえ」

「ふむ、おめえの言うとおりかもしれねえ。市ケ谷は任しときねえ。おめえは……」

「あ、。モミジさんから目を離さねえようにしておくよ」

「まったく、モミジが海幸屋の卯市郎旦那の色になってたのは驚きだが、その妾宅が左門町たあ奇妙な縁だぜ。そこにまた助十などがチラチラ出てきやがって。よし、おもしれえ。おもしれえぜ」

源造はすり切れ畳に下ろした腰を勢いよく上げ、

「頼むぜ、バンモク」

太い眉毛を激しく上下させ、街道に出た。

「あ、、また開けっ放しに」

李之助は三和土に下り、源造が開け放した腰高障子を閉めようとした。

「李さん！　李さん！」

けたたましい下駄の音とともに李之助を呼ぶ声、一膳飯屋のかみさんだ。足元に土ぼこりを巻き上げている。

「ねえねえねえ、飯屋《うち》の裏手のモミジさんさあ」

半開きの腰高障子のすき間から三和土に飛び込んできた。

「どういうことなのさあ、源造さんまで来て、一緒に見まわり？　それになにやら深刻そうにここで話し込んで。若い男の出入りもあったし」

三和土に立って李之助と向かい合うかたちになり、大きな声から急に音を低め、

「ねえねえ、間男？　あの若い遊び人みたいな目つきの悪いやつ。いやだよう、あたしゃ。町内で、しかもすぐ近くで斬った張ったの揉め事なんか起こされたんじゃ。囲っている旦那、市ケ谷の海幸屋さんだろう？」

言いながら一膳飯屋のかみさんはそれを期待しているようだ。旦那が海幸屋の卯市郎であることも知っているようすだ。

「勝手に決めつけちゃだめだよ。ともかく旦那が、ほれ、市ケ谷じゃないか。だから源造さんも心配して、儂にようすを訊きに来たのさ。おかみさんも気を配っていてく

れないか」

「あゝ、いいともさ。ここよりあたしんちのほうが近いからねえ。で、どう気を配ればいいのさ」

「そうさなあ。旦那が来る分には問題ねえ。若いのが来たら儂にすぐ知らせてくれ。あんたと二人して見張ろうじゃないか。あ、それよりもいま、昼めしの書き入れ時じゃないのか。いいのかい、店のほうは」

「それそれ、忙しい、忙しい。ともかく来たら知らせるよ」

一膳飯屋のかみさんはくるりと向きを変えるなり小太りの身で敷居をヒョイと飛び越え、また下駄の音に土ぼこりを立て走っていった。ほんの客の切れ目をぬって走り込み、また大急ぎで仕事に戻ったという雰囲気だ。慌てていたのか、かみさんも腰高障子を開け放したまま行ってしまった。

「やれやれ」

杢之助は戸に音を立てて閉め、ふたたびすり切れ畳に上がった。こうなれば、一膳飯屋のかみさんの目もけっこう役に立つかもしれない。

午《ひる》の書き入れ時が終わった時分だ。

（来たな）

一膳飯屋の再来ではなく、清次だ。飲食の店にとって、午の書き入れ時を終え、夕刻の仕込みに入るまでのあいだは、一日のうちで最も一息入れられる時間だ。

そうした時間、清次が木戸番小屋のすり切れ畳に腰を据えたとき、故意に腰高障子を半分開けている。外から見える。町内の者は、

（またおもての旦那が、木戸番小屋で油を売っていなさる）

ニコリと微笑んで腰高障子の前を通り過ぎる。

だが話している内容は、

「杢之助さん、そりゃあ事前の仕込みでは」

強請から不意に低姿勢に転じた助十の態度は、どう考えても不自然だ。清次は声を極度に低めた。盗賊が押し込もうとするとき、金のありそうなところへ闇雲《やみくも》に押し入るのではない。準備をする。最も確実なのは、狙いをつけた商家へ仲間の一人を奉公人として入れ間取りを掌握し、できれば金の在《あ》り処《か》も探り、入る日には中から鍵を開けさせる。

「儂もそう感じた。だとすれば、狙いは海幸屋ということになる。ひょっとすると、鶴川屋がそっくり盗賊一味かもしれねえ」

「で、どういたしやす」

「これから仕込もうというのだから、差し迫ったことではない。それに、本当にそうなのかどうか、調べなきゃならねえ。場所は市ケ谷だ。それとなく源造さんが自分でそこへ気づくように仕向けよう」

「危ない橋でござんすねえ」

「そういうことになる。方途《ほうと》はこれからのながれを見ながら考えよう。源造さんが市ケ谷で大手柄を立てて一件落着となってくれりゃあいいのだが、モミジさんが左門町の住人になってるってのが、どうもおもしろくねえ。身に降りかかる火の粉になるのだけは、なんとか避けなくちゃならねえ」

「あっしも、それとなく助十とやらの動きには気をつけておきやしょう」

「いや。いつも言うようだが、おめえは悠然と街道おもての居酒屋のあるじでいてくれ。おめえがそうしていてくれるから、儂も心置きなく動けるというもんだぜ」

「へえ」

「おや、おもての清次さん。またここで油売っていなさるかね」

通りかかった町内の隠居が、腰高障子から顔をのぞかせた。

「へえ、まあそういうところで」

「それじゃ清次旦那。余りものの酒でもありゃあ、またお願いしますよ」

言いながら腰を上げた清次に、杢之助はごま塩まじりの小さな髷《まげ》の頭をぴょこりと下げた。どの町でも見られる、木戸番小屋ののどかな風景である。

太一が、

「おじちゃーん」

と、手習い処の終わる昼八ツ（およそ午後二時）を過ぎた時分に木戸番小屋に飛び込み、手習い道具をすり切れ畳の上に投げ置くなり、

「おっ母アを手伝ってくらあ」

また敷居を飛び越え、清次の居酒屋へ駈け込み、洗い場に入るのもいつもの左門町の光景だ。杢之助がいつも些細な出来事にも気を配るのは、こうした光景のなかに、きょうもあしたも溶け込んでいたいからである。

（太一ももう一回正月がくれば、十二歳だなあ）

清次のあとを追うように木戸番小屋を飛び出た太一の背を見送りながら、杢之助は呟《つぶや》いた。いつまでも手習い処に通い、帰ってくれば町内の居酒屋の皿洗いや菜切りをしていていい歳ではない。

「どこか奉公へ」

何度も言いかけた言葉を飲み込んだ。これればかりは、母親のおミネが決断しなけれ

ばならないことなのだ。

その日の夜も、すっかり闇に閉ざされた外から腰高障子を音とともに引き開け、

「杢のおじちゃーん、またあした」

太一が声を入れ、つづいて、

「杢さん、お休み」

おミネが灯芯一本の灯りの部屋に顔をのぞかせ、戸を閉めようとしたとき、

「あ、、おミネさん。待ちねえ」

「えっ、なんですか」

杢之助が呼びとめたのへ、おミネはなにやら期待するように身をそらせ、上体を淡い灯りのなかへ入れた。

「い、いや、なんでもないんだ。きょうも太一、菜切りで指など切らなかったかと思って」

「なあんだ、そんなこと。きょうは太一、包丁で魚のうろこ取りもやってましたよ」

「そうかい、そりゃあよかったなあ」

「んもう、杢さんたら」

おミネは鼻から声を出し、腰高障子を閉めた。杢之助はその障子戸に目をやったま

ま、呟いた。

「これも、太一が可愛いからだぜ。おミネさん」

五

三日、四日と日が過ぎるなかに、大きな変化はなかった。ただ一度、海幸屋卯市郎が訪ねてきた。いつものように街道で駕籠を捨て、左門町の木戸を入ると、

「木戸番さん」

と、菓子折りを手にしていた。このことに清次は、

「――さすが海幸屋さん」

感心していた。店の料理を折詰《おりづ》めにして持ってくるのではない。

「――鮮度が落ちるからですよ。それに海幸屋さんともなれば、どの料理はどの器《うつわ》に盛るかまでこだわりなさるはず。それに、刺身に折箱の木の香が移っては、名人の包丁さばきも台無しになりまさあ」

卯市郎はそこを心得ている。清次は卯市郎を一膳飯屋の暖簾の中からチラと見ただけだが、けっこう好感を持ったようだ。

その卯市郎は李之助に、

「まことにお恥ずかしいことを頼み、申しわけありませんが、いかがなようすでしょうか」

木戸番小屋の三和土に立ったまま、辞を低くした。李之助はすり切れ畳に胡坐の足を端座に組み替え、応《こた》えた。

「へえ、若い遊び人風の男が訪ねてきたことがありました。いえいえ、部屋に上がり込むなどと、そんな不届き者じゃございやせん。格子戸の外から見えましたでございますよ。ほんの小半時ほど、上がり框《かまち》に腰を下ろし、モミジさんに手を合わせ、なにやら頼み込んでいるようなようすでございました。え？　内容ですか。それは、格子戸の外からは聞こえやせん。あ、旦那さま。かような話、木戸番からだとはくれぐれもご内密に。ただ儂は、この町に波風が立たねえようにだけしてもらいたいのでございますよ」

卯市郎は李之助の話を聞くと、安堵したようすで、

「モミジから、直接聞いてみましょう。よく見ていてくださいました」

鄭重に腰を折り、左門町の通りを進み、一膳飯屋と湯屋のあいだの路地に入っていった。卯市郎が問いつめれば、モミジは正直に答えるだろう。結果は、鶴川屋の口

入れの動きを見れば分かる。それは源造が目を光らせているだろう。

「おう、バンモク」

と、その源造が来たのは、卯市郎が来た翌日だった。勢いよくすり切れ畳に腰を下ろし、杢之助のほうへ身をよじったとき、太い眉毛がヒクヒクと動いていた。なにやら成果があったようだ。源造は言った。

「やはり臭《くせ》え。口入屋は物を商《あきな》うんじゃなく、奉公口の周旋で手間賃を取る商いだから、どこでも店構えは小さなもんだ。九尺二間の長屋でもできらあ。鶴川屋も屋号だけを染め抜いた地味な暖簾に〝よろず奉公　口入れいたし候《そうろう》〟と記《しる》した短冊《たんざく》ほどの小さな木札《きふだ》を軒に吊るしているだけだ」

「口入屋ってどこでもそうだぜ。なにが臭うのだい」

「それよ。口入屋たあ間口《まぐち》は小さくても、人の出入りはけっこうあるものだ。彦左のほかに番頭みたいな男が一人。ま、この二人は俺が最初に顔を出したときもいやがった。そこは問題ねえ。だがよ、新しい暖簾にしちゃあ、どうも寂《さび》れていやがる。それで近所に聞き込みを入れたのよ。すると、口入れをやってねえわけじゃねえ」

「あまり繁盛していないだけじゃねえのかい」

「だがよ、あの場所を考えてみろい。市ケ谷八幡のお膝元だぜ。料理屋の仲居に茶店の茶汲み女、煮炊きや下足番の男衆《おとこし》と、人を欲しがっているところは多いぜ。それにこのご時勢だ。喰いつめ者で奉公口を求める男や女たちも集まってくらあ。それがよ、一見《いちげん》の者はお断りで、てめえのほうから人を寄せつけねえらしいのよ」

「手堅い商いをやっているのじゃねえのかい」

杢之助がいちいち逆らうのは、犬目の助十の背景を少しでも詳しく知りたいからである。源造はそれによく応えた。

「手堅い？　あるじの彦左も番頭も、そんな風には見えねえ」

「犬目の助十も、その鶴川屋とかにいるんだろう」

「そこよ、おかしいのは。一見の飛び込みはお断りといいながら、近くに借りている人宿にはいつも人がいて、そこはけっこう出入りがあるらしい。もちろん見に行ったわさ。商舗《みせ》から歩いてすぐの裏長屋で、三部屋ほど借りてやがった。確かに常時二、三人の者がいて、顔ぶれはいつも変わるらしい」

「そりゃあそうだろう。人宿ってのは、奉公先が決まるまでのあいだだけだろ。助十はいたかい」

「いやがった。人宿は助十が住み込んで仕切っているようだ」

「だったらなにもおかしくねえだろう」

「助十に吐かせたのよ。俺の下っ引になりてえのなら、手始めに鶴川屋の話を詳しくしろいってな」

「なにか変わったことでも？」

「変わってるかどうか、鶴川屋じゃ武家屋敷に中間《ちゅうげん》を口入れするのがもっぱらで、それで町屋は相手にしてねえなどと……」

「ほう、渡りの中間かい。辻褄《つじつま》が合うじゃねえか」

言いながら、杢之助の心ノ臓はピクリと動いた。

旗本は常時抱えておらねばならない使用人の数が、石高によって定められている。千石級なら馬一頭に武士である用人を三人、武士だが下級の若党《わかとう》を三人、草履取《ぞうりとり》や槍持、挟箱持《はさみばこもち》、馬の口取《くちとり》などの中間が五人、六百石級なら馬一頭に用人二人、中間を五人、二百石級なら馬は不要で若党一人、中間三人、百石級なら中間二人と、これらが旗本家の奉公人となる。戦時を想定しての員数であり、ひとたび将軍家の馬前に走るときには、あるじは甲冑《かっちゅう》に身を固めて騎馬武者となり、用人と若党は徒歩《かち》武者、中間は足軽や荷駄人足となる。だから建前として、平時においても定められた員数は召し抱えておかねばならないのだ。召し抱えておくとはすなわち、屋敷内に住まわせ給金を出し、喰わせておかなければならないということだ。平時においてこれほどの無駄はなく、召し抱えておけるものではない。それに奥方の配下として女中もそろえておかねばならない。石高に関わらず、それら定められた員数を抱えている旗本家は少ない。そこをおもてだけ辻褄が合うように埋めるのが、半季奉公や十日切りといった渡りの中間たちである。なかにはあるじの登城の際だけつき随《したが》う、時間切りの中間もいる。もちろんそれらに、忠義などといった概念はない。

そこに介在したのが町の口入屋であり、だから何軒かの武家を常連の顧客にしておけば、それで商いは成り立った。鶴川屋はそのような一軒か、ならば人宿に常時数人ゴロゴロしているのは、そうした渡り中間たちであろう。李之助が言うように〝辻褄は合う〟のだ。

「助十が言うにはよ、鶴川屋彦左も番頭も、以前はあちこちの武家屋敷で渡りをやっていたそうだ」

ますます辻褄が合う。しかし、心ノ臓がピクリと動いたのは、

(だったらなぜ犬目の助十は、町屋の海幸屋にこだわる)

源造はそこまで頭をめぐらせてはいない。李之助はその源造に話を合わせた。源造の勘働きを、李之助は買っているのだ。

「源造さんよ。あんた、まさか助十を下っ引になどと……」

「思っちゃいねえ。鶴川屋の奥向きを聞きだすための方便よ」

「だったらそのままうまく話を進め、助十からどこのお武家に渡りを送り込んでいるか聞き出せねえか。それで、それらのお武家でかつて大事な物がなくなったとか……そんな話はないかどうか……」

「おめえ、鶴川屋が物盗りの仕込みに、渡り者を武家屋敷に送り込んでいると？」

源造は杢之助の顔を凝《じ》っと見つめた。

「あんたの勘じゃ、そうならねえかい」

「うーん。なるほど」

源造は唸り、

「だがよ、渡りを入れた屋敷が分かっても、そこでなにか事件があったかどうか、調べるのは難しいぜ。あっ、バンモク！」

不意に気づいたように声を上げ、

「助十さ、間男じゃなくって人ひとり雇ってくれと海幸屋に……まさかと思うが」

「おっ。そういやあ、そうも言えるぜ。源造さん、どうする」

杢之助はわざと、いま気づいたように反応を示した。源造に、仕込みを入れているのではないかと匂わすこと自体、危ない橋だが、

「ま、儂もついみょうなことを考えちまった。そうだなあ、しばらくながれを見る以外ねえようだぜ。あまり探りを入れすぎて気取られたんじゃ元も子もなくならあ」

「うーん。バンモク、おめえの勘、当たっているかもしれねえぜ。うーむ」

源造は呻《うめ》きながら腰を上げ、木戸番小屋を出た。太い眉毛が小刻みに動いていた。

杢之助はすり切れ畳の上でまた一人になり、

「うーん」

呻《うめ》いた。源造に見つめられたとき、その目が杢之助には恐ろしかった。清次の言うとおり、源造に勘働きのきっかけを与えるのは、

（まったく危ねえ橋）

なのだ。そこを渡りながら、杢之助も事の推移を見守る算段で、そのための仕込みはしてある。

海幸屋卯市郎が木戸番小屋を訪《おとな》い、さらに源造が杢之助の入れ知恵に呻き声を上げてから三日目だった。

モミジが木戸番小屋に来た。

「旦那さまがなにか心配事があるなら言ってみろとおっしゃったので、助十の話をし

たのです。すると旦那さまはすぐ理解してくださり、おまえが言うのなら雇い入れも考えようじゃないかと言ってくださったのです。それで、あした」

　モミジは言った。

「ほう、そうですかい。ま、よかったじゃねえですかい」

　李之助は返した。仕込みが、うまく効いているようだ。

「――助十とやらが、誰を世話しようとしているのか、あんたの目で確かめておいたほうがいいのではないですかい」

　李之助はモミジに言っていた。左門町に〝その者〟を一度連れて来させなせえ……と。料亭の仲居も接客業で、人を見る目は持っている。自分で一度確かめてから、卯市郎旦那にあらためて話したほうがいいのではないかと、李之助はモミジに勧めたのだ。もしその者が、鶴川屋の海幸屋への〝仕込み〟だったなら、どんな野郎か事前に顔を知っておきたかったのだ。そのうえで、向後の算段を立てるつもりだったのだ。

　犬目の助十も、

「――それが筋かもしれやせん」

　と、みょうに従順《しお》らしく承知したという。

　その値踏みをするのが、あしたなのだ。

「もちろんあたし、信用できそうにない人だったら、旦那さまへの取次ぎはいたしません。第一、助十さんその人が、信用できない人ですから」

色っぽい女にしてはきっぱりと言うモミジに、杢之助は頼もしさを感じた。

六

その日が来た。

「ほらほら、馬の足に引っかけられないで！」

土ぼこりを上げて街道を横切る太一の背におミネが声をかけ、

「分かってらーい」

太一は振り返った。

（モミジさんの一件がかたづけば、儂からおミネさんに……）

思ってから半時（およそ一時間）ばかり経た時分だった。

「杢さん、杢さん」

おミネの声だ。木戸番小屋の櫺子窓《れんじまど》から押し殺した声で、中をのぞき込んでいる。

おもての木戸からではなく、裏庭づたいに来たようだ。

「どうしたい」

　李之助はすり切れ畳から腰を浮かし、膝立ちで櫺子窓に近寄った。板を格子状に組んだ櫺子越しに、おミネはなおも声を低める。

「ともかく縁台に来てください。さりげなく、お茶でも飲みにきたようすで」

「いったい、なんなんだい」

「来てるんです。いつかのあのバサバサ頭の……。清次旦那に話すと、李さんにも面通ししてもらえって。いま二人は縁台でお茶を飲んでます。さ、早く」

「分かった」

　まったく分かっていない。二人とは誰なのか。それに〝面通し〟などと。しかも清次が言うのだ。おミネが裏庭づたいに来たということは、その〝二人〟に気づかれないための、これも清次の配慮だろう。

　李之助は下駄をつっかけ、言われたとおりさりげなく木戸を出て、すぐ右横の居酒屋の軒端に視線を投げ、

（あっ）

　思わず声を出しそうになった。縁台に座ってお茶をすすっている若い男二人、一人は遊び人風で、犬目の助十だ。李之助は木戸番小屋から見て助十の面体を承知してい

るが、助十は杢之助を知らない。顔を見ていても、ただの左門町の番太郎としての認識しかない。

もう一人の、さらに若い男だ。小奇麗に町人髷を結い、月代《さかやき》を剃ったあとも青く、清楚な着物にお店者《たなもの》のように角帯《かくおび》をきちりと締めている。おミネが〝あのバサバサ頭の〟と言っていなかったなら、気がつかなかったかもしれない。何日か前、おミネが〝せめてお粥《かゆ》の一杯でも〟と言い、杢之助が〝よせ。どうなるものでもない〟とたしなめた、蓬髪《ほうはつ》で破れた饅頭笠を首にかけ、街道に足をふらつかせていた、あの喰いつめた若い男である。垢《あか》じみていたときには、ただ若いとだけしか感じなかったが、小ざっぱりしたのを見ると十七、八か、まだ二十代には入っていないように思われる。だが頬がこけ肩も骨ばっているのは、数日では元どおりにならないのか、以前が相当ひもじい暮らしだったのがその貧相な姿から看《み》て取れる。

縁台に座った客におミネが気づき、清次に話してそのまますぐ裏手から杢之助に伝えたのだろう。お茶を運んだのは志乃だった。おミネがジロジロと顔を見て、不審に思われないよう清次がそう指示したのだ。

「いいか。そこの枝道の奥だ。色っぽい姐さんだからといって、ポカンとするんじゃねえぞ」

「へえ」

言っているのが聞こえる。

「見かけねえお人らじゃが、左門町に知り人でも？」

言いながら杢之助は隣の縁台に腰を下ろした。

「なんでえ、おめえさん。この町の番太郎のようだが」

「さようで。いつもここで茶を飲んでいるものでしてね」

「そうかい。ちょいとこの町、通らせてもらうぜ。おい、行くぞ、コマ」

どの町でも番太郎は黒っぽい股引《ももひき》で黒っぽい着物を尻端折《しりはしょり》に、白足袋に下駄をはいて貧相に腰を曲げ、冬場なら手ぬぐいで頰《ほお》かぶりなどをしている。一目でそれと分かる。その木戸番人から声をかけられ、犬目の助十は横柄に応《こた》え、いまは小ざっぱりした十七、八の若い者《の》をうながし、腰を上げた。〝コマ〟と助十はその男を呼んだ。

「へえ」

コマと呼ばれた若い者は従順に、助十のあとにつづいた。

「ごゆっくりと」

杢之助は左門町の木戸を入る二人の背に声をかけたが、助十は見向きもしない。コマなる若い者だけが、番頭か手代に随う丁稚《でっち》のように、振り返って杢之助にピョコリと会釈をした。杢之助が皺《しわ》を刻《きざ》んだ顔で微笑《ほほえ》むと、コマなる若い者は、他人から愛想よくされたのをはにかむように、ニッと頬を弛《ゆる》ませていた。

(江戸育ちにはいねえなあ、あんな初々《ういうい》しいのは)

思えてくる。

「杢之助さん」

と、暖簾から顔を出したのは清次だった。

「おう、座りねえ」

杢之助は縁台を手で示した。どちらがあるじか分からない。だが飲食の店はまだ昼めしの仕込みにかかる前だ。軒端の縁台に杢之助と清次が座っているのを見ても、木戸番人と居酒屋のあるじが世間話をしているとぐらいにしか思わないだろう。

「いまのが犬目の助十だ」

「だと思いやした。で、もう一人、痩せたガキみてえのは、おミネさんが言ってやしたが」

「あゝ。つい数日前、この街道を江戸へ入《へえ》ったばかりの男だ。鶴川屋に草鞋《わらじ》を脱いだようだ。今夜、またチロリを一本提げてきてくんねえ」

あとを尾けなくても、二人の行き先は分かっている。

「分かりやした。まるで蜘蛛《くも》の巣にかかる蛾《が》か蝶《ちょう》のようじゃござんせんか」

「どうやら、そうらしい」

「あら。さっきの二人、もうどこかへ？」

おミネが盆に湯呑みを二つ載せて出てきた。

「おミネさんの見たとおりだったよ、あのときの」

「やはり。すっかり小ぎれいになり、なんなんでしょうねえ」

おミネは首をかしげ、二人の湯呑みを縁台に置き、空になった湯呑み二つを盆に載せた。

木戸番小屋に帰ってから、杢之助は左門町の往来に注意をそそいだ。二人は小半時ほどで、湯屋と一膳飯屋のあいだの路地から出てきた。犬目の助十は木戸番小屋には目もくれず、コマなる若い者もそのあとにつづき、左門町の木戸を出ていった。

すぐに下駄の音が響いた。モミジだ。

「木戸番さん、あたしが思っていたのとまったく違っていました。助十とは反対で、あれならおセイ女将も雇うかもしれません。毎日芝浜まで鮮魚の買付けに行くのに、板さんが荷運びの人足がもう一人欲しいと、以前言っていましたから。まだ雇ってい なかったら、きっと……」

名前は駒平《こまへい》といい、

「——いま鶴川屋の人宿に住まわせているのだが、聞けば俺の同郷でなあ。だからこうして親身になっているのよ」

助十はモミジに言ったらしい。だとすれば、駒平も甲州街道は甲斐国犬目宿の産ということになる。そこに嘘はないだろう。胡散臭《うさんくさ》そうな助十だが、同郷の者ということで駒平は安心し、あるじの鶴川屋彦左まで近在の人ということで、そこに拾われた境遇を天の助けとばかりに喜んでいることだろう。

「よかったじゃないですかい」

「はい。こんど卯市郎旦那がみえたら、さっそく話しておきます。これでもう、助十もあたしから小遣いをせびったりはしなくなると思います」

モミジは言い、帰りの下駄の音が軽やかに聞こえた。

「うーむ」

杢之助は腕を組んだ。次第に心ノ臓が高鳴ってくるのを抑えられなかった。

夕刻になり、日が暮れるのが待ち遠しかった。

「おじちゃーん」

暗くなった腰高障子の向こうから、太一の声が聞こえた。きょうの仕事を終え、長屋に帰るのだ。

「おう、おうおう」

李之助はいつもと違い、三和土に下りて腰高障子を開け、

「一坊、あしたもな。元気でな」

顔を出し、暗闇にかすかに見える太一の影に声をかけた。

「うん。おじちゃん」

影は振り返った。

「あらあら。どうしたんですか、きょうは」

おミネだ。

「いや。なんでもねえ。ただ、一坊が転ばねえかと思って」

「まあ、そんなこと」

おミネは足元に気をつけながら、

「李さんもこのあとの見まわり、気をつけてくださいねえ」

長屋のほうへ、太一の影を追った。

すぐであった。

「おう、待ってたぜ。上がりねえ」

「へえ。そう思ってやした」

清次だ。熱燗のチロリを二本提げ、すり切れ畳に上がった。湯呑みにチロリをかたむける。昼間、モミジが帰ったあとだった。杢之助はフラリと街道に出て居酒屋に入り、板場をのぞいて清次に、

「――名は駒平というらしい」

一言だけ告げ、あとは凝《じ》っと時の過ぎるのを待っていたのだ。清次は、そのときの杢之助の表情から、すべてを解していた。

「清次よ」

「へえ」

そそぎ終わった。どうぞと、清次は手で示した。

「おう」

杢之助は湯呑みを取り、一気に呷《あお》った。

「許せねえぜ」

「おやりなせえ」

清次も湯呑みを口にあてた。やはりおなじように呷り、

「とめはいたしやせん。とめてとまる杢之助さんじゃありやせんから」

源造の勘は当たっている。口入れの鶴川屋には、裏の稼業がある。というより、それが本業だ。武家屋敷に渡り中間を送り込むのは、その者から屋敷のようすを聞きだし、あるいは仲間に引き込み、その屋敷へ盗みを仕掛けるためである。こたびはその矛先《ほこさき》を町家に変え、目星をつけたのが海幸屋ということになる。間取りは最初、モミジから聞き出すつもりだったのかもしれない。だがそこへ、駒平がフラフラとながれ込んできた。拾ってみると、おなじ在所の者だった。拾われたことを、駒平は感謝していよう。しかも、誰が見ても純朴だ。仕込みとして送り込むには、これほどの人材はない。ころあいを見て仲間に引き込み、内から鍵を開けさせる。それができれば、盗みはなかば成功である。

二杯目を呷ってから、杢之助は吐く酒の息とともに呟《つぶや》いた。

「江戸に出てきて、あの駒平め、端《はな》からそんなあぶく銭をつかんでみろい。もう、真っ当には働けねえぜ。盗っ人の道をまっしぐらだ」

「そのとおりで」

清次は相槌《あいづち》を入れた。

「見過ごせねえ。駒平みてえな若いのが、アリ地獄に落ちるのがよう」

言う杢之助の湯呑みに、清次はまたチロリをかたむけた。志乃が来ない。きょうは来るな、と言ってあるのだ。三杯目の湯呑みを李之助は呷った。李之助がいまなにを思っているか、清次には分かっていた。

太一が四、五歳のころ、李之助が諸国話をするのを喜んで聞いていた。飛脚で諸国を走り、そのときの話をするのだ。李之助には、それがことさらに楽しかった。

きょう一日、李之助の脳裡はそのような来し方《かた》をさかのぼった。四、五歳のころ、親の顔も知らないまま橋の下に、あるいはお堂の軒端に塒《ねぐら》を求め、盗みも覚えながら日々を生きているうちに、拾われたのが飛脚屋の家だった。その家の軒端のものを盗んで逃げ、追いかけられて捕まえられ、逃げ足が速かったのを逆に見込まれた。そこでの日々は李之助にとって、まさに極楽だった。汗をながし、江戸近辺はむろん東海道に甲州街道、中山道にと走りに走った。李之助の足は、同業のなかでも群を抜いていた。ある日、夕立に遭い、挟箱《はさみばこ》から中の書状まで濡《ぬ》らしてしまい、乾《かわ》かそうと封印の剝《は》がれた書状を野に広げた。書いてあるものは意味不明で、なにかの符号のようだった。ふたたび走り、届けた。受取人は封の開けられたことに気づいた。李之助は厳しく詰問された。理由《わけ》を話し、

『読んだりはいたしておりやせん。なにやら、まったく分からねえ符号みたいなのばかりで』

『分かる分からねえは問題じゃねえ。符号と見られたこと自体が困るのよ』

許されそうになかった。だが、受取人は言った。

『死んでもらうところだが、気に入ったぜ』

許された。李之助の足の速さと身の素早さが買われたのだ。条件がついていた。

『仲間になってもらうぜ』

差出人も受取人も、盗賊だった。白雲の一味と名乗っていた。李之助に選択の余地はなかった。ただ救いだったのは、白雲の一味が押し入った先で疵《きず》つけず犯さず、その店の身代がぐらつかぬ程度のお宝のみを頂戴し、雲のごとく立ち去ることだった。その稼業が十年もつづいたろうか。飛脚仕込みの健脚と素早い動き、沈着冷静な判断力から、李之助は白雲一味の副将格になっていた。

白雲の一味が日本橋の呉服問屋に押し入ったのを最後に、この世から消えたのはもう十数年も前のことになる。押し入ったとき、殺しと犯しがあったのだ。李之助はおかしらともどもそやつらをその場で成敗した。一味を裏切った李之助に与《くみ》し、その争いのなかで仲間を刺し、一緒に逃亡したのが清次だった。

街道を見ていると、飢饉で駒平のように江戸へながれ込んでくるのは幾百人、幾千人といる。鶴川屋のように口入れを仮面に網を張っている者は、

「この世にいちゃあ、人のためにならねえのよ」

「さようで」

李之助が呻くように言ったのへ清次は低くつなぎ、

「ですが李之助さん。源造さんと一緒に……掃除……、これほど危ねえ橋は、ありゃせんぜ」

「分かっておる。したが、儂らの手だけではできねえ。駒平一人の襟首をつかんで引き戻すこともできねえ」

「やはり、源造さんの手を借りやすかい」

「…………」

李之助は無言で頷き、

「おっと、そろそろ火の用心にまわらなきゃならねえ」

部屋の隅の提灯と拍子木をたぐり寄せた。灯芯一本の灯りのなかにゆっくりと動く動作は、李之助のこれからやるべきことへの決意を示していた。いま、駒平なる若い者の純朴さが、犬目の助十に見込まれているかもしれないのだ。

紛れ込み

一

「おう、李さん。行ってくらあよ」

角顔の松次郎が天秤棒の紐《ひも》を両手でつかんでブルルと振れば、

「きょうこそは市ケ谷だい。まっさきに海幸屋《うみさちや》さんだ」

丸顔の竹五郎が背の羅宇竹《らうだけ》をカチャリと鳴らす。

ようやくだった。李之助は下駄をつっかけ街道まで飛び出て見送りたいのを堪《こら》え、

「おう、気張ってきねえ」

すり切れ畳の上に胡坐《あぐら》を組んだまま声を投げた。秘かに事を進めるには、海幸屋のようすを知りたがっていることを周囲に悟られてはならない。あくまで日常の噂として、割烹《かっぽう》の海幸屋の奥向きと口入《くちい》れの鶴川屋の動きをすくい取りたいのだ。さいわい

竹五郎が、木戸番小屋で海幸屋卯市郎《ういちろう》から煙管《きせる》の新調をと声をかけられ、その商舗《みせ》の裏庭に入るのをきょうの第一の予定に入れている。

内藤新宿での仕事を終え、さあ市ケ谷と出かけたとき、四ツ谷御門前で竹五郎にも松次郎にも声がかかり、市ケ谷に行くのが長月《ながつき》（九月）もあと数日で神無月《かんなづき》（十月）というころになってしまった。四ツ谷左門町からは、甲州街道を東へ十七、八丁（二粁《キロ》足らず）も進んで四ツ谷御門前に出て、そこからさらに外濠《そとぼり》に沿った往還《おうかん》を北へ七丁（およそ七百米）ほども進めば市ケ谷御門前となる。棒手振稼業にしてはかなりの遠出だ。四ツ谷御門前にも町屋が広がり、そこで声がかかって一仕事を終え、やり残した客があればまた次の日もおなじ場所で店開きをすることになる。それで四ツ谷御門前で数日をとってしまったのだ。

「――竹の野郎が市ケ谷、市ケ谷ってうるさいもんで、あしたは触売《ふれうり》の声を上げずに市ケ谷まで素通りすらあ」

「――これでようやく海幸屋さんに行ける」

きのう四ツ谷御門前から帰ったとき、松次郎が言ったのへ竹五郎が相槌を打っていた。

きょうは二人とも触売の声もなく、黙々と市ケ谷へ向かうことだろう。

二人はいま甲州街道で朝の太陽を真向かいに受け、

「なあ、竹よ。李さんよう、ここ何日か、俺たちが市ケ谷へ行くの、待ってたような感じがしなかったかい」

「そりゃあ、俺が木戸番小屋で海幸の旦那から、声をかけてもらったからさあ」

「そうかもしれねえ。ま、俺の鋳掛《いかけ》も市ケ谷なら一声上げりゃ、すぐ鍋釜《なべかま》を提げた女衆が集ってくれらあ。さあ、急ごうぜ」

「おう」

足を急がせた。松次郎と竹五郎がいつもつるんで商《あきな》いに出るのは、おなじ長屋の住人だからというだけではない。竹五郎に声がかかれば、その家の裏庭の縁側を借りて煙管《きせる》の脂《やに》取りや羅宇竹のすげ替えをしながら、

「穴の開いた鍋や釜はありませんかね。いい腕の鋳掛屋がいまこの町に来てるんですがねえ」

と、松次郎の宣伝をし、一方、松次郎はふいごのまわりに集った女衆に、

「お家に煙草をやりなさるお人はおいでござんせんかい。いま腕のいい羅宇屋が近くに来ておりやすよ」

と、ふいごを踏みながら竹五郎の売り込みをする。松次郎も竹五郎も腕は確かで、互いに宣伝しあえばけっこう効果があった。

二人の足は四ツ谷御門前を過ぎ、外濠沿いの往還に入った。市ケ谷はもう近い。

杢之助は街道に二人の背が見えなくなったころ、木戸をフラリと出て縁台に腰を下ろし、

「うぉっほん」

咳払いをすると、

「きょうは早いですねえ」

板場で茶を沸かしていた清次が出てきて、

「松つぁんと竹さん、四ツ谷御門のほうへ向かったようですが、市ケ谷へ？」

言いながら杢之助の横に腰を据えた。まだ五ツ（およそ午前八時）前だが、街道の朝はとっくに始まっている。この時分の旅姿の者はいずれも四ツ谷大木戸の西方向に歩を進めている。夕刻近くになれば旅姿はいずれも東方向へと江戸府内に入る足ばかりとなる。

「あ、。竹さんが海幸屋の卯市郎旦那から声をかけられていたからねえ。まっさきにそこへ行って、松つぁんもその近辺をながし、二人とも自然に噂を拾ってきてくれるだろう」

「あっしも期待しておきやすよ。それに、市ケ谷の同業から海幸屋さんの話を聞いたのですが、悪い噂はありやせん。しっかり者の若女将《わかおかみ》に、旦那が生《き》まじめでおとなしいとくれば、ああいう大振《おおぶ》りで老舗《しにせ》の割烹には願ったり叶《かな》ったりの条件でさあ」

「ま、卯市郎旦那、モミジさんを囲《かこ》っていなすっても、骨抜きにされてるようすじゃねえ。モミジさんなあ、色恋や金ずくなんぞじゃなく、心底《しんそこ》旦那の安らぎの場になれば……その思いから、めかけ奉公の話に乗った……儂《わし》はそう見たが、甘いかなあ」

見方が変わってきたようだ。縁台に他の客はいない。

「へえ、志乃もそう言っておりやした。モミジさん、色っぽいだけの奉公じゃないようだって」

「さすが志乃さんだ。これで松つぁんや竹さんが、海幸屋さんのことをもっと詳しく聞き込んできてくれれば、なんらかの策も立てられるのだが……」

「あらあら、なにか言いましたか」

志乃が盆を持って出てきた。

「いやいや。ちょいとモミジさんの話をしておってな」

「もう、殿方の道楽にも困ったものです」

言いながら湯呑みを縁台に置くと、

「では、ごゆっくり」

暖簾の中へ戻った。いつものことだが、杢之助と清次の話に加わろうとはしない。

「ともかくいまは、押し込みの日がもっと先であることを願うばかりだ」

「まったくで」

「あっ、杢のおじちゃん。こんなとこにいたんだ」

不意に聞こえたのは太一だ。声とともに木戸から飛び出てきた。

「おう、一坊。きょうもしっかりな」

「うん。おじちゃん」

「ほらほら。大八車が来たよ」

おミネが声を投げ、

「あら、きょうは朝から日向《ひなた》ぼっこですか」

縁台の前でたすきをかけながら言い、

「あ、もうお茶、出ているのですね」

暖簾の中に入っていった。もう朝方に受ける日差しに温《ぬく》もりを感じる季節である。

その陽光を受けながら、

「事が大きくなり、手習い処の先生にお出ましを願うようなことにならなければいいのですが」

「そうさなあ」

言っているところへ、四人ほどのいずれも前掛姿で実直そうなお店者《たなもの》が縁台に近づいてきた。四ツ谷御門まで旅に出る者を見送った帰りのようだ。

「へい、いらっしゃいませ。朝からご苦労さんでございます」

清次は立ち上がってお店者たちを迎え、

「それじゃ儂も」

杢之助も腰を上げた。

四ツ谷大木戸といっても、いまでは石垣と番屋が残るだけで通行検《あらた》めをしているわけではない。だが江戸府内から旅に出る者の見送りは四ツ谷大木戸までと一応の目安になり、その意味では重宝《ちょうほう》なものとなっている。

木戸番小屋に戻った杢之助は、

「そろそろ焼芋《やきいも》を商うころになったなあ」

呟《つぶや》き、荒物をすり切れ畳の上にならべはじめた。冬場になれば、焼芋を商う木戸番小屋はけっこう多い。火を扱う商いはどこの町でもうるさいのだが、木戸番小屋は常に人がいて安心ということで、町も大目に見ているのだ。

ならべ終え、

「さあて、いまごろ松つぁんと竹さん、もう市ケ谷御門に近づいていようかなあ」

また独《ひと》りごち、すり切れ畳の上に胡坐《あぐら》を組んだ。

二

足はすでに市ケ谷に入っていた。

「おう、そろそろだなあ。声を上げるか」

「きょうの一番まわりは海幸屋さんだ。そこへ行ってからにしようよ」

「ケッ。おめえはいいよ、それで」

「いや、海幸は大振りの割烹だ。鋳掛の仕事だってあるかもしれないよ」

「ならいいんだがなあ」

言っているうちに、片方がお濠《ほり》でもう一方が武家屋敷の白壁といった閑静な往還から、不意に道幅が広場のようになり、濠側に簀張《よしずば》りの茶店が立ちならび、向かい側には蕎麦《そば》屋に寿司屋、京菓子屋に扇子屋などの常店《じょうみせ》が暖簾をたなびかせている。江戸城外濠《そとぼり》に沿った往還ではあるが、市ケ谷八幡宮の門前町を兼ねているのだ。

門前であれば朝から参詣客は多く、紅《あか》いたすきに紅い鼻緒《はなお》の下駄をはき、派手な前掛の茶汲み女たちが競うように、

「いらっしゃいませ、いらっしゃいませ」

と、黄色い声で道行く者に誘いかけている。この茶店の通りで天秤棒の松次郎や道具箱を背負った竹五郎が触売の声を上げれば、

「まあ鋳掛屋さん、ちょうどよかった」

「へい、さっそく」

女衆から声がかかり、松次郎は広場の隅でふいごを踏んで店開きをし、

「ちょいと羅宇屋さん。いい羅宇竹はあるかね」

と、竹五郎も茶店の縁台に座っている客に呼ばれ、

「へい。すげ替えさせていただきやす」

と、その場で商いが始まる。

二人とも四ツ谷や内藤新宿だけでなく、この市ケ谷界隈も商いの縄張にしており、茶汲み女たちとも顔なじみになっている。

ところがきょうは、

「あらら、松さんと竹さん。どうしたの、素通り？」

「すまねえ姐さん。きょうは先約があってね」

「あとでまた来らあ」

かけられた声に竹五郎と松次郎は返し、繁華な往来から脇道に入った。おもての商舗の多くは、簀張りの茶店はむろん常店の蕎麦屋や寿司屋も一見《いちげん》の参詣人をおもな客にしており、常連客を持つ老舗は枝道を入った奥にある。海幸屋は八幡宮の石段下のさらに奥へ入ったところに、悠然と暖簾を掲げている。

二人は触売の声を上げないまま、海幸屋の裏手にまわり、

「四ツ谷左門町から参りました羅宇屋でございます」

勝手口に訪《おとな》いを入れた。裏木戸を開け、顔をのぞかせたのは駒平《こまへい》だった。駒平は海幸屋に雇われていた。亭主の卯市郎が、

「――おセイ。おまえが品川の浜屋《はまや》さんから呼び寄せた板さんが、買出しに運び人足をもう一人欲しいと言っていたが、いいのを見つけてねえ」

言ったのだ。おセイとは、品川の浜屋から娶《めと》った女房、海幸屋の若女将である。もちろん卯市郎がモミジから頼まれたなどと言うはずはない。

「――ほれ、口入れの鶴川屋さんの人宿《ひとやど》で見つけてね」

卯市郎は言っていた。おセイも板前から頼まれ、一人雇わなくてはと思っていたと

ころだった。商舗に呼んで品定めをした。

「——おまえさんにしては、いまどき珍しい純朴そうな若い者《の》を見つけたじゃないですか」

と、おセイもモミジがそうであったように、駒平を一目で気に入った。人宿住まいであれば、当然雇うとなれば住み込みである。その過程に、犬目の助十は姿を見せなかった。助十が駒平をともなって一緒に海幸屋へ来ていたなら、おセイはその人物の胡散臭さから駒平の雇い入れを躊躇《ちゅうちょ》したかもしれない。

雇われてからまだ数日の駒平は、

「あんたら、さっき、四ツ谷左門町からと……」

勝手口の板戸から顔を出し、戸の外に立つ二人の顔をうかがうように言った。

「さようで」

松次郎が応えると、

「ちょ、ちょっとお待ちを」

「おうおう、待ちねえ」

駒平は慌てたように松次郎が呼びとめるのを振り切り、母屋のほうへ走った。

「なんでえ、あいつは」

ぞかせ、

「見慣れねえ顔だが」

松次郎と竹五郎は板戸の外で顔を見合わせた。もとより松次郎も竹五郎も、駒平が海幸屋に雇われた経緯《いきさつ》など知る由《よし》もなく、その名前も知らない。すぐに亭主の卯市郎が駒平と一緒に母屋のほうから走り出てきた。板戸から顔をのぞかせ、

「なあんだ。左門町の羅宇屋さんと鋳掛屋さんじゃないか」

ホッと安堵の溜息をつくように言った。卯市郎はモミジの使いでも来たのかと驚いて勝手口に駈けつけたのだ。

「羅宇竹だねえ、新調させてもらいますよ。さあ、二人とも中へ」

「あっしもですかい。こりゃありがてえ」

その場のながれで松次郎も天秤棒を担いだまま腰をかがめ、紐をうまくあやつり、

「へえ。鍋釜なんでも打たせていただきやす」

竹五郎につづいた。

松次郎にも仕事はあった。が、不意のことで女中頭《がしら》が出してきたのは鍋が二つだけだった。数が多ければそのまま海幸屋の裏庭でふいごを踏んで店開きということになるのだが、二つでは効率が悪い。火を扱う仕事だから、一度店開きをすると簡単に

移動はできない。外でやれば、鋳掛の音を聞いてその場へ近所から女衆が穴の開いた鍋や釜を持ってくるのだ。

竹五郎は裏庭に面した縁側に店開きをした。煙管《きせる》の脂取《やに》りや雁首《がんくび》のすげ替えだけではない。それだけでは実入りが少ない。竹五郎には技《わざ》があった。羅宇竹に竹笹の紋様を刻《きざ》み込むのだ。専門の彫師《ほりし》ではない。そこがいいのだ。竹五郎が細い羅宇竹に極細《ごくぼそ》の鑿《のみ》で彫《ほ》るというよりも線を刻んだ竹笹の模様は、

「素朴で味わいがある」

「凝《こ》ったものでないところが、かえって厭《あ》きがこなくていい」

と、商家のあるじや武家で贔屓《ひいき》にしているところは多い。海幸屋の卯市郎もその一人なのだ。

縁側に羅宇竹をならべ、卯市郎もその場に座り込み、自然の紋様のなかから気に入ったのを選んで竹笹の模様に注文をつける。もちろん事前に彫った羅宇竹も持ってきているが、好事家《こうずか》になれば素材から選ぶ。手間ひまがかかる分、それだけ竹五郎には手間賃と、ときによっては祝儀《しゅうぎ》も入る。卯市郎も祝儀を包みそうだ。縁側で中腰になり、竹五郎の手さばきを見つめながら、

「最近、左門町に変わったことはないかね。木戸番さんが忙しく町を見まわっている

とか」

「別に変わったことはござんせんが。ま、左門町は木戸番の杢さんがいる限り、揉め事など起こりやせんや」

「ほう、あの木戸番さん。そんなに頼りになるのかね」

「そりゃあもう。それよりも旦那さま。このまえ左門町にお越しなさってたの、なんだったんですかい」

「木戸番さん、なにも言ってなかったかね」

「いえ、べつに」

「ならば、それでいいんだ」

卯市郎は中途半端に話を打ち切り、腰を上げた。

「……ん？」

その唐突さもさりながら、卯市郎が腰を上げたとき、廊下の隅の曲がり角に、サッと人影の消えたのが気になった。女だった。それも、竹五郎は前にもこの縁側で仕事をさせてもらったことがあり、面識がある。女将のおセイだ。

いくらかの間を置いて、そのおセイが女中をともなって出てきた。

「これは女将さん、おそれいりやす」

竹五郎は恐縮の態《てい》で鑿を持つ手をとめた。女中はお茶を持ってきた。茶菓子まで添えられている。出入りの職人に休憩のときにお茶を出すのは珍しくないが、仕事の途中に、しかも女将が直接出てくるなど、小間物屋か貸本屋でもない限りあることではない。それに茶菓子まで添えられているのは、なにやら破格の扱いか……。

女中はすぐ奥に下がり、女将のおセイはその場に中腰になった。

「さっき竹さん、家《うち》の人がそちらの左門町に行ったとか言っていたようだけど、いつのことですか」

「あれ？　女将さん、ご承知じゃなかったので？」

「い、いえ。いつだったたかと思って」

「べつにあっしも数えてたわけじゃござんせんが、十日ばかり前になりやしょうか」

「そう、そうでしたねえ」

おセイはいくらか慌てたように返した。

「それよりも、さっき若い男衆を見かけやしたが。新しい人で？」

「あゝ、駒平ね。ほんの四、五日前から」

「さようですかい」

「じゃあ、ごゆっくり」

女将のおセイが廊下を退散するのも、

「…………?」

なにやら中途半端なように竹五郎は感じた。

外に出て路地の曲がり角のいくらか広場になった場にふいごを据え、店開きをした松次郎もおなじであった。

ふいごを踏んで火を起こし、海幸屋で預かった鍋の底を打ちはじめた。鉄床《かなとこ》に鍋を乗せ金槌《かなづち》で打つのだから、音はかなりの範囲に広がる。うるさいという苦情はない。音に独特の調子と抑揚があり、それが人の耳にけっこう心地よいのだ。

「あーら、やっぱり四ツ谷左門町の松さんだ。そうだと思って見にきたんだけど、ちょっと待ってて。家《うち》にもあるのよ、穴の開いた鍋が」

たちまち四、五人の女衆が集った。女たちは鍋や釜を預けてあとで取りにくるのではなく、決まってその場にしゃがみ込み、井戸端会議ならずふいご端会議に興じる。仕事をなまけ油を売っているのではない。鍋や釜を直してもらっている、歴とした仕事中なのだ。それで近所のお仲間と大っぴらにお喋りに興じられるのだから、女たちにとってこれほど楽しいことはない。それらが松次郎とふいごを囲んで中腰になる。夏場なら裾《すそ》が割れて内股《うちまた》の腿《もも》のあたりまで見えることがある。役得などではない。

仕事に入ると一心不乱となる。鉛《なまり》と錫《すず》の合金をふいごの火で溶かし、それを鍋や釜の穴の空いた部分にあてるなり金槌で打って平らにし、さらに木槌でなめらかにする。それを素早く何度もくり返しているうちに穴はふさがり、さらに木槌で仕上げをする。打っているとき、毎回のことだが呼吸も手の動きに合わせ、その過程に打つ力も速度も異なり、それの間合いと加減は経験でしか得られない。打ち上がると、

「へい、お待たせ。あ、まだ熱うござんすから気をつけてくだせえ。さ、目をつぶって打った部分を撫《な》でてみなせえ」

「おや、ほんとうだ。さかい目が分からない」

女たちは感心する。それが松次郎の腕なのだ。松次郎が穴を塞いだ鍋や釜は、しゃもじやおたまや箸が引っかかることはない。

最初の鍋を打ち終わったときだ。

「すみませんねえ。こいつぁそこの海幸屋さんので、もう一つ預かってるんで」

「あら、海幸屋さんの。どっちの仲居さんが持ってきたのかしら」

釜を手に言ったのは、近くの料亭の仲居だ。

「どっちのって、海幸屋さんの鍋でさあ」

「あら、鋳掛屋さん。知らないの？」

「なにがで?」

新たに打ちはじめる前、合金をふいごの火に入れているあいだ、話はできる。

「なんでも仲居さんたちだけじゃないようよ。板さんたちも、前からいた人と品川から来た人たちとで揉めてるって」

別の女が言った。近くのおかみさんのようだ。

そこへ、

「あら、もうこんなに繁盛して。これもお願い」

新たに鍋を一つ持ってきたのは、海幸屋の仲居だった。

女たちは口をつぐみ、なにやらその場に気まずい空気がながれた。海幸屋の仲居は以前からいて近所の女たちと顔なじみなのか、

「あらあら、順番ね。いま持ってきたの、あとでいいわ」

言いながらその場にしゃがみ込み、

「一つはもう仕上がったのね」

手に取ってその部分を撫で、

「さすが松さん、大したものねえ」

「そりゃそうよ。松さんの仕事だから」

女たちの話題は変わり、ふたたび松次郎の手が動き、小気味のいい槌音が響きはじめた。打ちながら松次郎は、

（………？）

みょうに思ったがすぐ雑念を払い、金槌の音に息を合わせた。女たちは季節の衣《ころも》更《が》えに話題を変え、おもての茶汲み女たちの派手な前掛を、

「嫌ァねえ」

などと話しはじめた。

午後には竹五郎は他家を何軒かまわり、松次郎は客が途切れずおなじ場所で仕事をつづけ、二人とも一段落つき、

「あしたはおもての茶店をまわろうかい」

と、帰り支度に入ったのは、遠出をしたこともあって太陽がまだ高い時分だった。

甲州街道に帰りの歩を拾いながら、

「きょうもいい商いになったが、おめえ海幸屋の中でなにか感じなかったかい」

「あゝ。旦那さまだけじゃなくって、番頭さんたちも新しい羅宇竹にすげ替えさせてもらってなあ。そういやあ、なんだかみょうな感じもあったなあ」

二人は話したが、双方ともみょうに感じた対象が異なるため、話が噛み合わなかっ

た。腑に落ちないまま、朝方と逆にこんどは西にかたむいた夕陽を正面に受け、左門町に帰りついたのは、その太陽が落ちるにはまだ間のある時分だった。

「よっこらせっと。おう、杢さん。久しぶりの市ケ谷で、いい商いができたぜ」

「この分じゃ、当分市ケ谷がつづきそうだ」

天秤棒を肩から降ろし三和土《たたき》に入ってきた松次郎につづき、竹五郎も背の道具箱をはずしながら顔をのぞかせた。

「おうおう、早かったじゃねえか。ま、座りねえ」

待っていたように杢之助はすり切れ畳の上の荒物を隅へ押しやり、

「まだ焼芋はやってねえが、ゆっくりしていきねえ」

焼芋を商いはじめたら、炭火の七厘《しちりん》を二つも三和土にならべ、常時お茶も沸いている。寒空に仕事から帰ってきたとき、そのお茶が松次郎にも竹五郎にも一日のうちで最大の御馳走となる。その御馳走はまだないが、

「ほれ、朝も竹の野郎が言ってたろう、海幸屋よ」

「ほう。海幸屋さんがどうかしたかい」

杢之助はきょう一日、それを待っていたのだ。胡坐のまま上体を前にかたむけ、聞く姿勢をとった。興味を示されれば、話すほうも話しがいがある。松次郎は腰をすり

切れ畳に据えるなり身を杢之助のほうへよじり、

「外でトンカントンカンやってるとよ、海幸の仲居さんが出てきて急に女衆が話をやめちまってよ」

「ほれほれ、松つぁん。おめえの話はいつもせっかちでいけねえ」

言いながら竹五郎が松次郎の横に腰を下ろした。

「どうもなにかあるように感じでね」

丸顔のおっとりとした表情に似合って、縁側でのようすを順序立てて話し、

「さあ、このあとは松つぁんだ。どんな関係があるのかないのか分からねえが」

話を松次郎に振った。このあとすぐ湯に行くつもりか、腰高障子は開けたままだ。

「そうよ。なにやら関わりがありそうな、なさそうな」

ようやく松次郎は、海幸屋の鍋を打っているときに近辺の女衆が集ってきたところから話しはじめた。それらの話に、

「うーむ」

と、杢之助にはおぼろげながら話の筋道はつかめた。女将のおセイが、亭主の卯市郎が外でめかけを囲っていることに気づきはじめ、縁側での話から左門町に目星をつけたようだ。それに、駒平がすでに海幸屋に住み込んでいることを知ったのは収穫で

ある。二人の口から駒平の名が出たとき、

「ほう、新しい小僧さんかい」

と、そ知らぬ風を装ったものである。おセイはきょうあすにでも駒平を問い質《ただ》し、モミジの消息を知ることになろうか。それに、外での女衆の話だ。仲居も包丁人たちも、以前からいた者とおセイが品川から呼び寄せた者とのあいだで、

（どうやら確執《かくしつ》があるようだ）

背景を知らない松次郎と竹五郎には、内容が理解できないのも無理はない。

「ま、あれほどの老舗の大店《おおだな》だ。奥向きにはいろんなことがあろうよ」

締めくくるように杢之助は言った。

三

この日はこれで終わったわけではない。

「きょうは慌てずにゆっくり湯につかれそうだ」

松次郎が杢之助のほうへねじっていた身をもとに戻したときだった。

「おぉお、松に竹。帰ってたかい。ちょうどよかったぜ」

だみ声とともに木戸番小屋の三和土へ入ってきたのは源造だった。太い眉毛を大きく上下させ、まるで踏み込むような勢いだった。

（なにかつかんだな）

杢之助は直感した。

源造は三和土に仁王立ちになった。

「ケッ、源造さんかい。おう、竹。早く湯に行こうぜ」

「そうだな」

松次郎につづいて竹五郎も腰を浮かしかけた。

「待ちねえよ」

源造は三和土に立ったまま勢いよく二人の肩を上から押さえ、ふたたびすり切れ畳に座らせた。

「な、なんでえ」

尻餅をつく態《てい》になった松次郎は角顔を上げて源造を睨みつけた。

「おう、おめえら。きょう市ケ谷に行ってなかったかい。トンカチの音が聞こえたぜ」

「そりゃあ足があるから市ケ谷でもどこへでも行かあ」

松次郎は喰ってかかるように返した。

李之助は事態を見守った。明らかに源造は勢い込んでいる。

「松がいたってことは竹よ、おめえも来てたってことだ。二人とも探そうと思ったがよ、あいにく別用があったのよ」

「それならそれでいいじゃねえか。なあ、竹。湯だ、湯」

「おう」

松次郎と竹五郎はまた腰を上げ、

「だから待ちねえ」

源造は両手を開き二人を押しとどめようとする。李之助はまだ向後《こうご》の策が練れていない。策を決めるまで、なにもかも源造に話すわけにはいかない。なにしろ源造の背後には八丁堀の同心がいるのだ。

「源造さん。また聞き込みの手助けをっていうことだろうが、あとで儂《わし》から話しておこうじゃないか。それよりもきょうここへ来なすったのは、なにやら話があってのことじゃないのかね」

「おぉ、そうだ。その話よ」

源造は開いていた両腕をもとに戻した。その隙に松次郎と竹五郎は源造の両脇をす

り抜けるように、

「また来らあ」

素早く敷居をまたぎ、外から腰高障子を閉めた。

「くそーっ、あいつらめ」

源造は閉められた障子戸を睨んだ。怒っているのではない。

「──おめえら。俺の下っ引にならねえかい。いい思いさせてやれるんだがなあ」

源造が二人にいつも言っている言葉だ。棒手振でも八百屋や魚屋と違い、一カ所に腰を据えて商う鋳掛屋や羅宇屋は、町の噂を拾うにも確実で量も豊富だ。そこが源造には垂涎《すいぜん》の的なのだ。だが二人とも、

「──へん。俺たちゃ腕一本で喰ってんだ。誰の世話にもなるけえ」

いつも断わっている。そうした二人の気風《きっぷ》を、源造はまた気に入っている。

「俺の気も知らねえでよ」

源造は愚痴るように言い、二人の座っていたところに腰を下ろし、

「今度ばかりはよ、あの二人の手を、じゃねえや。耳と目を借りてえ」

杢之助のほうへ身をよじった。外はまだ明るい。

「どういうことなんだい。なにか意気込んでなすったようだが」

「それよ、バンモク」

源造は身をよじったまま、

「どうやらおめえの言ってたことが図星かもしれねえ事態になったぜ」

「儂の言ってたこと?」

李之助は胡坐のまま身を前に乗り出した。

「そうよ。おめえ、この前《めえ》言ってたなあ。渡りの中間を武家の屋敷へ送り込むのは、盗みに入《へえ》るための仕込みじゃねえかって」

李之助はドキリとした。源造に入れ知恵をしたため、

(こいつ、ただの番太郎じゃねえ)

思われ、来《こ》し方《かた》を詮索されるようになったのではそれこそ藪蛇《やぶへび》である。源造が普段から〝バンモク〟などと呼んで十把《じっぱ》一絡《ひとから》げの町々の番太郎たちと区別をつけているのも、李之助を特殊な目で見ているからである。

「あゝ。そういえばそんなことも」

「そういえばじゃねえぜ。まあ、聞きねえ」

乗り出した身を引き曖昧《あいまい》に応えた李之助に、

「きのうときょう、俺が八丁堀の旦那に呼ばれたと思いねえ」

源造は眉毛をヒクヒクと動かしながら話しはじめた。源造に岡っ引の手札《てふだ》を渡している同心は、

「——おまえにだけだ。極秘に調べてもらいたいことがある」

呉服橋御門内の北町奉行所の同心詰所ではなく、八丁堀の組屋敷で源造に言ったという。他に聞いている者はいない。同心は一人で幾人もの岡っ引を抱えているが、源造はよほど信頼されているようだ。それは杢之助も認めている。だからいっそう、警戒が必要なのだ。

「——さる旗本の屋敷で、お家伝来の脇差が消えたらしい。それを秘かに探索して欲しいと、俺の旦那が〝役中頼み《やくちゅうだの》〟を受けてなさるお旗本から、直々《じきじき》に頼まれたのよ」

それだけ聞けば、杢之助にはおよそ内容は分かる。大名家や高禄の旗本家では、家臣が町屋で町人と問題を起こしたときなど、穏便に済ませるため、町奉行所の腕のいい与力や同心に盆暮れの付け届けをしている。それを役中頼みというのだが、その一端が手先の岡っ引にもまわってくるのだ。

「で、それが市ケ谷となにか関わりがあるのかい」

「それよ。おめえ、将軍家や大名家が戦《いくさ》のときに打ち立てる馬標《うまじるし》や旗指物《はたさしもの》の軍旗を

知ってるかい」

「講談でよく聞かあ。馬標は御大将の所在を示す目印で、太閤秀吉《たいこうひでよし》さまは千成瓢箪《せんなりひょうたん》で神君家康公《しんくんいえやすこう》は金色《こんじき》の軍扇《ぐんせん》を開いたかたちの金無地開扇《きんむじかいせん》だろう」

「そう、それだ。将軍家の軍旗は、ほれ、厭離穢土《おんりえど》なんとかといった」

「厭離穢土欣求浄土《ごんぐじょうど》だろう」

戦国の世に徳川軍は将兵の士気を鼓舞するため〝厭離穢土欣求浄土〟と白地に黒く大書した旗指物を幾本も立てていた。穢《けが》れた土《くに》を厭《いと》い、浄土を求めるという阿弥陀如《あみだにょ》来《らい》の浄土宗の教えを具現するとの理想を、家康は戦の大義名分に掲げていたのだ。

「それがどうかしたかい」

李之助は首をかしげた。

「ここからは絶対内緒だ。おめえだから言うんだ」

「うむ」

「脇差を紛失したというのは……」

源造は声を低めた。

「柳営（幕府）でその馬標と軍旗を管掌《かんしょう》なさっている大久保飛騨守弾正《おおくぼひだのかみだんじょう》さまだ」

「ほう」

これを武家の者が聞いたなら〝ゲェッ〟と仰天するところだが、町人の杢之助は、

（そりゃ大事《おおごと》）

と思ったものの、さほど驚きはしない。大坂ノ陣からすでに二百年以上も経ているのだ。戦国の世にあってこそ旗奉行といえば常に御大将の側《そば》近くに陣取る花形の職位だが、太平の世にあっては名誉職だが閑職にほかならない。

その大久保家の屋敷に内々で呼ばれた同心は、

「――由緒ある脇差」

と、聞かされただけで、詳しい謂《いわ》れは明かされなかったという。ただ、

「――大久保飛騨守さまは話されるとき、顔が蒼《あお》ざめていらっしゃった」

同心は源造に言ったそうだ。大久保弾正と対座した部屋で同席していた者も用人が一人だけで、

「――どうやら屋敷内でも伏せられているようだ。おめえもそのつもりでな」

同心はさらに言ったという。代々旗奉行というからには当然徳川家譜代《ふだい》の臣ということになり、

「屋敷は市ケ谷御門内で重厚な長屋門を構え、千八百石を食《は》んでおられる」

「あんたのことだ。脇差がなくなったときのようすはちゃんと聞いたろうなあ」

「もちろんだ。それも、きょう午前《ひるめえ》だ。同心の旦那と俺とで、その屋敷へ行ったのさ」

「ほう」

話が市ケ谷につながりかけたところで、杢之助はあらためて身を前に乗り出した。なくなったのは三日前で、その日、大久保家では嫡子《ちゃくし》の元服の儀があり、一月《ひとつき》以上も前から腰元も中間もその準備のため忙しく、屋敷内は慌ただしい日々がつづいていた。そして当日、祝い客の権門駕籠が門前にならび、それら供の者が門内にも往還にも満ちたという。

「脇差がなくなっているのに気づいたのは、翌日あとかたづけを始めたときらしい。床の間に飾ってあった脇差が、はげちょろの黒鞘《くろさや》でぼろぼろになっている柄糸《つかいと》まで似せた、鈍刀《どんとう》とすり替わっていたというのだ。本物の刀身は、

「備前長船《びぜんおさふね》の業物《わざもの》らしい」

「ふーむ、紛れ者《まぎもの》?」

「俺もそう思ってよ、屋敷の用人さんに訊いたのよ。ここ一月前後で、渡りの中間を雇わなかったかって」

「どうだった」

「あったぜ。一月ほど前から中間が四人、女中が三人」

「で、そこに鶴川屋の名は？」

杢之助は内心色めき立った。源造が最初から鶴川屋を〝臭う〟と目をつけたのが当たっていたことになる。屋敷の中を調べ、仕込んだ者に手引きをさせて盗っ人を働くより、紛れ者の手があったとは杢之助も考えなかった。紛れ者とは、巧妙な掏摸《すり》がよく仕掛ける手だ。大名家や大身の旗本家では、あるじや用人が下っ端の中間や女中まで把握しているわけではない。まして渡り者が入っておれば、それらの顔も名も知らない。なにやら行事があって忙しそうにしている大名屋敷や高禄の旗本屋敷に、女中や中間の姿を扮《こしら》えて紛れ込み、忙しそうに動きながら来客の武士から巾着や印籠を掏《す》り取るのだ。取られるほうはまさか屋敷内でと油断もあり、自分の家に帰ってからふところの物がなくなっているのに気づき、さきほど訪れた屋敷で掏られたと考えもしない場合もある。

だが今回は掏摸ではなく、中間がどさくさに紛れて床の間の脇差をすり替え、いずれかに持ち去ったかもしれないのだ。内の中間と外から紛れ込んだ中間扮えの者が結託すれば、容易にできる犯行だ。

「慌てるねえ。訊いたわさ。女中三人と中間二人は牛込《うしごめ》御門外にある口入屋《くちいれや》で、他の二人が鶴川屋だった。牛込は俺の縄張じゃねえが、名は知っている老舗の口入屋だ。同心の旦那もそこは問題ないとおっしゃってた」

「ほう。それで」

「こたびは臭《くせ》え口入屋を引っくくるより、なくなった脇差を找《さが》すのが第一よ。お屋敷も、脇差さえ出てくれれば事は荒立てたくねえって。だからきょう午後だ。直接鶴川屋へ聞き込みを入れるのは避け、人宿《ひとやど》のほうへさりげなく顔を出し、脇差など隠し持っていねえか探りを入れ、近所にも三日前《めえ》に脇差を持った中間姿の者が出入りしてなかったかどうか探ったのよ」

そのときに、松次郎のトンカンの槌音《つちおと》を聞いたのだろう。

「どうだったい」

「三日前どころか、あそこの人宿には中間姿がよく出入りしているらしい。そんなのが脇差を持っていなかったかどうか訊いたって無駄よ」

「ま、そうだろうなあ」

杢之助は同感の相槌を入れ、思案顔になった。中間は腰に木刀を差している。寸法は脇差とおなじくらいで、なかには鍔《つば》や胴金《どうがね》、鐺《こじり》までついた、一見脇差と見紛《みまが》う造作《つくり》のものもある。町屋の者がチラと見ただけで区別はつかない。

「で、源造さん。どうしなさる」

「そこよ」

　源造の太い眉が上下に大きく動いた。ようやく本題に入ったようだ。

「俺と同心の旦那と大久保屋敷のご用人さんとで、策を練ったのよ」

「どのように」

「つまりだ、脇差は見かけはぼろだ。だが中身は備前長船だ。その脇差が大久保屋敷にあることは、なんでも旗本のあいだでは広く知られ、お家の誇りでもあるらしい。家中の者も女中から中間までその存在を知っており、自慢にしているらしい」

「単に備前長船というだけではなさそうだなあ。どんな謂《いわ》れがある脇差なんだい」

「ははは、バンモクよ。おめえ、武家とのつき合い方を知らねえようだな。なくなったんだぜ。お家の誇りにするほどの刀だ。それを紛失したとなりゃあ不名誉この上ねえ。ま、謂れは屋敷の者に聞けばすぐ分かろうよ。だがそれは、分かっても知らねえ振りをするのが思いやりってもんだ。ま、出てきたら何事もなかったように、また床の間に飾ることだろうよ。俺も同心の旦那も、敢《あ》えて謂れは聞いちゃいねえ。同心の旦那にすりゃあ、武士の情けってもんさ」

「ふむ」

杢之助は頷いた。一理ある。

「そこでだ」

源造はまた話しだした。

「犯行は渡りの中間か女中が外からの紛れ者とつるんでやったことに間違《まちげ》えはねえ。さいわいお屋敷じゃまだおもてにしていねえ。知っているのはご当主の飛騨守さまと奥方とご用人さん。それと同心の旦那と俺と、いま話しているおめえだけということになる。それに、まだどいつだか分からねえ紛れ者も当然知っていることになる。それでまだ伏せたまま、奥方とご用人さんが女中と中間のなかで不審な者をそれとなく探る。そのためにお屋敷じゃ渡りの中間も女中も、まだそのまま屋敷に普段と変わりなく働かせていなさる。それにだ、手引きをした者が判る前に、犯人から脇差を返すから何百両か出せって言ってくる可能性もあらあ。それが目的かもしれねえ」

「まるで人攫《ひとさら》いの身代金《みのしろきん》みてえだな」

「みてえじゃなくて、そのままそっくりよ。そこで策は二つ。最善は賊徒を見つけだし、脇差を取り戻すこと。次善は、それができず賊が金銭を要求してきたなら、応じる振りをする。だが、屋敷の中でも伏せていることだ。屋敷の者をそこに奔走させることはできねえ。それで俺と同心の旦那が出張り、無事脇差を取り戻してだ、そのあと即座に別件の振りをして賊をふん縛《じば》る」

「ほう、ほう」

「そのときだ、相手は幾人か分からねえ。事が事だけに、奉行所から人数をくり出すこともできねえ。ふん縛っても、あくまで喧嘩かなにかの別件でだ。奉行所での処理も、大久保さまがお奉行に手をまわし脇差の件は伏せなさる」

「難しいなあ。奉行所へ手をまわすことじゃねえ。捕まえ方がよ」

「そうよ、賊からつなぎがあれば、ほれ、麦ヤ横丁の手習いの師匠、榊原真吾《さかきばらしんご》さまに出張ってもらって、喧嘩のかたちに持ち込んでもらいてえ。犯人を叩きのめしてどこか近くの自身番に預けたのを、奉行所から役人が出て引き取るってえ……どうだい」

「なるほど榊原さまなら、相手が幾人いようと大丈夫だ」

「だろう。それをいまから一緒に手習い処へ行き、榊原の旦那に頼んでもらいてえ」

「世のためだ。それに武家の体面のことなら、榊原さまは分かってくださろう。で、最善の策はどうしたい」

「おう、それそれ。おめえも仕掛けたのは鶴川屋彦左と思ってるだろう」

「あゝ」

「だがよ、鶴川屋へ踏み込む理由がねえ。それに彦左も一端《いっぱし》の悪党なら、すり替えた脇差をてめえんちのお店《たな》に置いとくような真似はすめえよ」

「なるほど、悪党ってそういうもんかい」

　杢之助はとぼけた。

「そういうもんだ。玄人《くろうと》の悪党ってのはなあ」

　源造はしたり顔でつづけた。

「考えられるのは、ほれ、モミジの部屋よ」

「あっ」

　杢之助は声を上げ、思わず腰高障子に目をやった。閉められているが、声が洩れていないかつい気になったのだ。それに、志乃が物見《ものみ》に来ない。おそらく晩めし時分だから、見に行かなくても源造があとで来ると清次は踏んだのだろう。外はすでに陽が落ちたようだ。

　モミジの部屋の件……考えられることだ。源造は犬目の助十がモミジのところへ出入りしていたことから目をつけたのだろう。モミジは助十に脅され、預かっている可能性はないとは言えない。

「市ケ谷の鶴川屋は俺が当たらあ。こっちのモミジはおめえに任せるぜ。どっちも同心の旦那が捕方《とりかた》を引き連れて家捜しするのは簡単よ。だがそれをやったんじゃ事がおもてにならあ。それのできねえのがこたびの件と思い、心してかかってくれ」

「いいともよ」

李之助は請《う》けた。むしろ、そのほうが李之助には都合《つごう》がいい。

「さあ。話がついたら、行こうぜ」

「どこへ」

「どこへって、さっき言ったじゃねえか。手習い処の榊原の旦那のところさ。こういうのは事が起きてからじゃ間に合わねえ。事前に段取りをつけておきてえ」

源造は李之助をうながし、腰を上げた。張り切っている。今回とくに、千八百石の旗本、旗奉行の大久保家から、同心だけでなく源造にも別途の〝役中頼み〟が出たのだろう。あるいは、それが約束されたのかもしれない。

四

外は薄暗くなりかけている。

「おっと危ねえ、あの野郎」

街道を横切る源造と杢之助の前を町駕籠が走り抜けた。

麦ヤ横丁に入った。毎日太一が手習い道具を手に走り抜けている通りだ。岡っ引の源造と木戸番人の杢之助が肩をならべて歩いていると、それだけでなにかあったのかと心配する住人もいる。すれ違った者が杢之助と軽く挨拶を交わし、心配そうに振り返っている。二人とも走っているわけではなく、そこに安堵しているようだ。二人が走っていたなら、それだけで町内の者は〝どうした、どうした〟と一緒について走り、町はちょっとした騒ぎになるだろう。

麦ヤ横丁の通りからまた脇道に入った奥に榊原真吾の手習い処はある。玄関はまだ雨戸を閉めていない。訪《おとな》いを入れると榊原真吾はすぐに出てきた。

「これは杢之助どのに源造さん。ちょうど行灯《あんどん》に火を入れたところでしてな。二人そろっておいでとは、なにか事件ですかな。ともかく上がりなさいよ」

月代《さかやき》を伸ばした百日髷《ひゃくにちまげ》で、洗いざらしの袴《はかま》と筒袖《つつそで》だが、精悍な印象を受ける、そろそろ四十路《よそじ》に近いかと思われる気さくな浪人である。

相変わらず杢之助を呼ぶのに〝どの〟をつけている。真吾の目には分かるのか、杢之助を番太郎どころか〝並みの者ではない〟と見てのことだが、どう違うのか詮索しないのが、杢之助にはありがたい。

二人が腰を下ろしたのは、手習い部屋の奥の、小さな裏庭に面した部屋だった。源造は一人で榊原真吾の前に出ると、どうしても萎縮してしまうが、杢之助が一緒だと気さくに話すことができる。

「左門町にも関わることでして、ちょっと変わった事件がござんしてね」

杢之助が切り出し、源造があとをつないだ。話しているうちに、庭はすっかり暗くなり、部屋の行灯《あんどん》の灯りが目立つようになった。

杢之助も話したが、駒平なるまだ十代らしい男の件は、ここでは伏せた。こればかりは源造と関わりなく処理したいと思っているのだ。それに、駒平を犬目の助十が海幸屋へ盗みの〝仕込み〟として送り込んだのかどうか、まだ分からない。モミジの存在は〝色っぽい女〟として、真吾も噂には聞いていたようだ。だが手習い処での話は千八百石の旗奉行、大久保飛騨守弾正の件と鶴川屋なる市ケ谷の口入屋が怪しいことが中心となった。もちろん、そのための助っ人を頼みに来たのだ。話を聞き終わり、真吾は言った。

「その旗本の狼狽《ろうばい》、分かります。謂れを伏せた脇差は、おそらく大久保家のご先祖が関ケ原か大坂ノ陣あたりで、家康公から拝領したものだろう。それが盗まれたとあれば、当主は切腹でしょう。行方の探索は源造さんと杢之助どのにお任せするとして、賊が金品を要求してきたならかえってさいわい。それがしも現場につき合い、喧嘩でもなんでもやりましょう」

大久保弾正と面識があるわけでもなく、同情しているわけでもない。榊原真吾にはみょうなところがある。

「——武士らしくない武士が多すぎる」

真吾の口癖だ。だからだろう。二本差しが街道で町人に無理難題をふっかけたり、酔って乱暴狼藉に及んだりしているのを見れば、容赦なく懲《こ》らしめる。町の者も、すぐ真吾を呼びに走るのだ。その一方で、武士の体面を逆手に取った悪戯《わるさ》にはさらに手厳しい。播州姫路藩士で榊原真吾ほどの人物が浪人に至ったのは、そのあたりの度が過ぎたからかもしれない。真吾が杢之助の以前を詮索しないように、杢之助も真吾の浪人した経緯《いきさつ》を質《ただ》したことはない。

ご政道批判もなく、家宝を盗まれた旗本への非難もなく、榊原真吾が策どおりの賊捕縛に手を貸してくれることに、源造は安堵した。

このあとの清次の居酒屋には、

「それがしも夕餉《ゆうげ》はまだでしてなあ」

と、杢之助とともに真吾もつき合った。

源造は志乃が用意した提灯を手に、

「いつ大久保屋敷から連絡があるか分かりやせんから」

出された徳利の熱燗もほどほどに、長居はせず早めに切り上げた。そこにも事件に対する源造の意気込みが感じられる。

余った徳利は、

「継ぎ足しておきましたからね」

と、おミネが木戸番小屋に運び、杢之助と真吾が膝をつき合わせる場は、木戸番小屋のすり切れ畳の上に移った。真吾がうながしたのだ。

源造と出るとき、荒物をかたづけていなかった。火種に借りた提灯の明かりで柄杓や桶を手で隅へ押しやり、

「で、杢之助どの。さっきの話だが、源造さんの前だからと、なにか一つ話さなかったことがあるのではないかな」

杢之助が提灯の火を油皿に移すなり、真吾は切り出した。勘づいていたのだ。旗本屋敷への紛れ込み事件に、なにやらもう一つ、

（左門町にからんでいることがありそうな）

左門町になにやら事件の兆候があると、おもてにならないうちに杢之助が奔走し、

闇に葬るというよりも、何事もなかったように収めてしまい、そこに実力行使の必要なときには、真吾が手を貸したことも幾度かあった。それが左門町の住人の安寧につながり、延《ひ》いては世のためにもなっている。かといって、世直しなどといった大げさなものではない。

(なんとも奇特な、変わった御仁よ)

真吾は杢之助と一緒に闇を走りながら、よく思ったものである。

「さすがは榊原さま。お見通しでございましたか」

杢之助は恐縮したように返し、灯芯一本の明かりのなかに、街道で見かけたぼさぼさ頭からその駒平なる若い者が、助十の依頼というよりもモミジへの脅迫を経て海幸屋へ奉公に上がったことを話した。

「ふむ。なにやら繋《つな》がっているような、いないような、微妙なところですなあ。ともかく杢之助どのは、その駒平なる若い者が、江戸に出てきて悪の道に入るというか、引き込まれるのが許せないのでしょう。杢之助どの、またそこに走りなさるか」

真吾が言ったのへ杢之助は、

「ま、まあ、さようで」

戸惑ったように返した。図星を突かれたのだ。さきほど、手習い処から清次の居酒屋に行く短い道のりにも、李之助は気をつかっていた。下駄である。暗くなったなかに、真吾の草履《ぞうり》の音もかすかに聞こえたが、源造の雪駄《せった》の鉄鋲《てつびょう》が地面を引く音がひときわ大きく聞こえていた。そこに、李之助の下駄の音が重なっていない。音がしないのだ。真吾が最初に、

（ん？　この者は……）

李之助を奇異に思ったのは、そこだった。忍びの者と間違ったようだ。飛脚の軽快な足さばきに盗賊の忍び足が重なり、それが習性となってしまったのだ。故意に音を立てようとするとぎこちない動きになり、かえって人目を引く。真吾に一度訊《たず》ねられたことがある。李之助は曖昧な返答しかできなかった。

「――人にはそれぞれ来し方がありますからなあ」

真吾は返し、その後、足音を話題にすることはなかった。

「――榊原さまは、儂《わし》の以前に気づいておいでなのでは」

清次に漏らしたことがある。

「――それも李之助さんの取り越し苦労じゃござんせんかい」

清次は言ったものだった。実際、源造も町内の者もそこに気づいていない。いたとしても、元飛脚さんの変な癖とくらいにしか思っていないだろう。

「ふむ、分かった。それがしも気をつけていようよ」

真吾の言う〝気をつけていよう〟とは、平らに収めるのに実力行使が必要なら、（合力《ごうりき》しますぞ）

これまでも常にそうだった。源造の帰ったあと、真吾が杢之助をうながし、木戸番小屋に座を移したのは、それを伝えたかったからのようだ。

「杢之助さん、どうやらとんだ藪蛇で、大変な事態に引き込まれてしまいなすったようですねえ」

と、清次が音もなく腰高障子を開けたのは、真吾が木戸番小屋の提灯を借り、麦ヤ横丁へ帰ってからだった。清次はそれを待っていたようだ。もちろん清次も、居酒屋に凝《じ》っとしているだけでなく、杢之助と真吾の闇走りに同道したことは幾度かある。だが、真吾の前で立ち回りを見せたことはない。あくまでも町の平穏を望む、ちょいと気骨のある居酒屋の亭主としてであった。

「そのとおりだ、清次よ」

すり切れ畳に腰を据えた清次へ杢之助は掠《かす》れた声を返し、松次郎と竹五郎の話から旗本の大久保屋敷の紛れ者まで、きょう一日の動きを話した。

「旗奉行の屋敷へ紛れ者を仕掛けるとは、考えたもんでござんすねえ。どうやら鶴川の所業とみて間違《まちげ》えねえでしょう。その脇差の由緒を知ってのことでしょうねえ」

「そうさ。最初は仕込みのつもりで渡りを屋敷に入れたが、その者が屋敷で家宝の脇差の謂れを聞き、それが鶴川屋彦左に伝わり、そこへ元服の儀があって急遽紛れ込みをということになったのだろうよ」

「そのようで。それが榊原さまの推測しなさるように、家康公からの賜《たまわ》り物だったなら、それこそ切腹もんでござんしょう」

「そうさ。鶴川屋彦左とやらも、そんな大それた物なら、大久保家もおもてにはできねえと踏んでのことだろう。まったく考えやがったものよ」

「それにしても大久保さまとか、素知らぬ風を装《よそお》って渡りの者をそのまま屋敷で働かせているなんざ、大した人でござんすねえ」

「儂も恐れ入っている。さすがは千八百石よ。それになあ、紛れ者とつるんで床の間の脇差をすり替《け》えたやつよ、二人じゃねえ。渡りで入った中間のどちらか一人だ」

「なんで？」

「外から紛れ込んできた者《の》と、うまく呼吸を合わせなきゃならねえ。一対一のほうがやりやすい。それにあるじが素知らぬ風でいるのなら、そやつもなにくわぬ顔でいなきゃならねえ。いわば神経戦だ。二人じゃつい恐怖のあまり、隅でひそひそ話などしてよ……」

「なるほど。見張られているなかで、すぐ怪しまれやしようねえ」

「ともかく儂は、あしたにでもモミジさんへ探りを入れてみらあ。万が一だ、関ケ原か大坂ノ陣の脇差がそこにあるようなら……」

「へえ」

今回は清次も、取り越し苦労とは言わなかった。

「いずれにしろ、ご本家のほうからすべてを極秘にというのが、ことのほかありがたいぜ」

「まったくで」

清次は極秘というところへ相槌を入れ、湯呑みの酒を干した。きょうも志乃には肴《さかな》は無用と言ってある。おミネが徳利に足した酒もなくなり、そろそろ杢之助が町内の火の用心にまわる時分になっていた。

五

翌朝である。

「杢さん、行ってくらあ」

「きょうも遠出だ。市ケ谷、市ケ谷」

「おう、稼いできねえ」

松次郎と竹五郎が木戸番小屋に声を入れ、杢之助は下駄をつっかけ木戸から街道に出る二人の背を見送った。

「さあて」

と、その足で左門町の通りを一膳飯屋のほうへ向かった。モミジの囲われている家だ。起きていた。

「あらー、木戸番さん」

玄関の前を竹箒《たけぼうき》で掃《は》いていた。おめかけで卯市郎旦那が来ているとき以外、することがなにもないとはいえ、生活のながれは周囲に合わせているようだ。

「ほう、朝から精が出るねえ。べつに用事ではないんだがね」

と、モミジと玄関前で立ち話になった。朝のせいか、すっぴんのモミジを見るのは初めてだ。そのほうが杢之助には溌剌として見えた。

「元気そうじゃないか」

口をついて出た。モミジは箒を持つ手をとめ、

「あたしねえ、ここで三味線のお弟子を取ろうと思ってるんです。卯市郎旦那がそんな必要はないなんて言ってるんですけどね。あたしもなにかしなくっちゃ」

「ほう。それはいい」

「そこでねえ、木戸番さん。きょうにでも相談に行こうと思ってたんですよ。この町に三味線を習おうって人、いないかどうか」

「あ、。急に言われても応えようがないが、儂もその気になって近所に訊いてみようじゃないか。ともかく元気そうなあんたを見て安心したよ」

「あら、木戸番さん。あのこと、気にしてくださっていたのですね。おかげさまであれ以来」

声を低め、

「助十、来なくなりました。ありがたいことです」

「それはよかった。三味線の件、まず大きな看板を出しなされ。この町にも隣町にも街道の向こうにも、若い娘はけっこういるからね」

杢之助はきびすを返した。

「よろしくお願いします」

声を背に聞き、

「あゝ」

振り返った。もう箒を動かしていた。その表情が明るい。安心した。助十に脅されていたなら、とても出せない笑顔だ。

一膳飯屋の前に出た。

「あらら、杢さん」

まだ暖簾は出していないが、店場の中から下駄の音だ。

「ねえねえねえ。きのうさあ、源造さんが来てて、一緒にどこかへ出かけてたじゃないの。どこでなにがあったのさ」

かみさんが走り出てきた。

「なんでもないよ。世間話にきて、それでちょいと清次旦那の居酒屋へ」

「ほんとぉー？」

一膳飯屋のかみさんは疑いの目で見る。

(困った。つかまっちゃならねえ)

思ったところへ、

「杢さん、杢さん。お客さん。いまうちの縁台に」

志乃が下駄の音に声を重ね、走ってきた。

「なんでも四ツ谷御門前の町の道を訊きたいって。あたしじゃ分からないから」

杢之助は直感した。一膳飯屋のかみさんにつかまっているのを見て、とっさに気を利かせたのだ。

「あゝ。すぐ帰るよ」

杢之助は一膳飯屋の前を離れるきっかけを得た。

「あぁ。ちょっと、志乃さん。きのう、杢さん、源造さんと飲みに行ってたって？」

「え、、来ましたよ。うちの人も一緒になって、とりとめのない世間話など」

かみさんが志乃を呼びとめ、確かめているのを背に聞いた。

思ったとおりだった。木戸を出て縁台を見ると、顔見知りの御箪笥町の若い者だった。走って来たようだ。まだ荒い息をしながら、お茶を口に含んでいる。暖簾の中では、清次がようすを窺っていることだろう。志乃がもし往還で「源造親分から」などと言っていたなら、それこそ一膳飯屋のかみさんは色めき立って「なになになに！」と杢之助よりも早く街道のほうへ走ったことだろう。

「源造親分の言付けです！」

湯呑みを持ったまま立ち上がり、若い者は言った。

「どうした。なにかあったか」

「時は今宵……と言えば分かる……と。それで、すぐ来い……と」

「分かった。すぐ行く」

鶴川屋彦左から大久保屋敷に、なんらかのつなぎがあったのだろう。脇差の受け渡しは……今宵……と。杢之助は暖簾の中に顔を入れ、清次と頷《うなず》きを交わすなり、

「さあ」

若い者を急かすように街道へ踏み出し、源造の塒《ねぐら》がある四ツ谷御門前の御箪笥町へ向かった。ふところから手拭を出し、頬かぶりで真向かいに受ける朝日をしのぎ、

「源造親分のところ、どなたか客人は見えているのかい」

「へえ、お侍が来ているようで。いったいなにがあったんですかねえ」

まだ太一が勢いよく飛び出しおミネが注意の声を投げる前だが、すでに一日の始まっている街道に速足をつくりながら訊いた。御箪笥町の若い者は遣いだけを頼まれ、それ以外のことはなにも聞かされていないようだ。

（それでいいのだ）

思い、

「どんな侍だい」

「どんなって、りっぱなお武家でござんしたよ。商舗《みせ》の奥へ上がってらしたんで、チ

ラとしか見ていませんや」

李之助は一瞬、足を鈍らせた。

（まさか八丁堀）

北町奉行所から市ケ谷までなら、四ツ谷御門は中継地になる。賊はつなぎのあと、当然大久保屋敷に役人の出入りがないか見張っていよう。屋敷内にも賊の仲間がいるのだ。となると四ツ谷御門外の源造の小間物屋が、狭いが賊の目がとどかない格好の詰所となる。左門町に奉行所の役人が入らないよう奔走しているつもりが、自分のほうからその八丁堀の前へ出るとは、

（用心、用心）

気を引き締め、ふたたび歩を速めた。

街道が江戸城外濠《そとぼり》にぶつかる手前の枝道を左手の北方向に曲がると御箪笥町だ。

雨戸はすでに外し、腰高障子が見えているが、暖簾はまだ出ていない。源造の女房どのはきょう一日、小間物の商いより詰所のおさんどんとして忙しくなるかもしれない。水商売上がりのちょいといい女で、町内の評判もいい。いかり肩の源造の評判が悪くないのは、この女房どのに負うところが多い。若い者は腰高障子を開け、

「親分。呼んできました。あっしはこれで」

声を入れるとそのまま立ち去った。町内のいずれかの商舗のせがれのようだ。

「あらあら、杢之助さん。朝からすみませんねえ。さあ、上へ」

「いえ、儂はここで。源造さんは？」

店場の板の間にまだ商品の小間物はならべていない。奥から出てきた女房どのに杢之助は返した。入るなり土間の履物に素早く目をやったのだ。女房どのの下駄と源造の雪駄《せった》があり、さらに草履《ぞうり》と雪駄が一足ずつに草鞋《わらじ》が二足。

（奉行所の同心と捕方《とりかた》も。それに草履は？）

判断しかねているところへ、

「おう、バンモク、遠慮するねえ。大事《でえじ》な話をしてんだ。上がれや」

「さあさあ、杢之助さん。すぐお茶を淹《い》れますから」

「恐れ入りやす。隅っこのほうに」

遠慮しすぎはかえって奇異に思われる。下駄を脱ぎ、板の間に上がった。広い家ではない。店場の奥の廊下に入るとすぐ居間になっている。奉行所の捕方ではない下僕のような小者が二人来ていた。さいわい廊下に二人は端座している。組屋敷の小者たちで、同心の屋敷の下僕だった。

「儂はここで」

杢之助は小者二人のうしろへ腰を下ろした。源造もそれ以上入れとは言わず、おなじ部屋で同心と向かい合わなくてすみそうだ。

部屋の中は武士が二人、奉行所の同心と、

「大久保屋敷のご用人さまだ」

源造は言い、

「あっしの手の者で、四ツ谷の縄張内《しまうち》で木戸番人をやっておりやす。町屋に詳しく、ほかに腕利きの浪人もおりやして、そこにはこの木戸番からすぐ連絡はつきやす」

「はーっ」

杢之助は素早く頭を下げた。小者二人の背後で、同心と大久保家の用人からは、ごま塩まじりの小さな髷だけしか見えなかったろう。

「バンモク、これだ。見てみねえ」

源造は紙切れを示し、小者が取り次ぐように杢之助に手渡した。賊からの文《ふみ》だ。けさ日の出とともに出入りの豆腐屋が、人に頼まれたと封書を持ってきた。宛名が〝大久保飛驒守弾正様〟となっていたので、驚いた女中は用人に知らせた。それが、いま杢之助の見ている紙片だ。果たして賊からのつなぎだった。千両でも二千両でも取れる代物《しろもの》に、三百両しか要求していない。杢之助はかえってそこに賊の巧妙さを感じた。千八百石の旗本なら、一日で用意できる金額だ。それに、この額なら大久保家も金額の損害や悔しさよりも、ともかく脇差の回収を第一とし、賊の捕縛は二の次にしか考えないだろう。それだけ賊は安全ということになる。

もちろん大久保屋敷では豆腐屋を問い質したが、市ケ谷御門の橋に入ろうとしたところで見知らぬ男に頼まれたというだけで、頼んだ男の素性は分からない。屋敷は人を繰り出すようなことはしなかった。日の出のころでまだ橋の内も外も通行人は野菜売りや蜆《しじみ》売り、納豆屋に魚屋などの棒手振ばかりで、そのようなところへ若党や中間をくり出したのでは目立ち、騒ぎにもなる。適切な対処といえた。若党を八丁堀に走らせ、用人は一人でゆっくりと四ツ谷御門外の御箪笥町に向かい、連絡を受けた同心は小者二人を連れ源造の小間物屋に急ぎ、源造は大久保家用人から書状を見せられ、町の若い者を左門町に走らせたという次第らしい。

書状に記《しる》されている受け渡しの場所と時刻は、

――神田川の江戸川橋にて日の入りの暮れ六ツ

腰元が一人で橋に入り、そのとき賊のほうから声をかけ、三百両の包みと脇差を交換すると認《したた》めている。

「バンモクよ。おめえ、この場所をどう思う」

源造が部屋の中から廊下に声を投げた。市ケ谷御門から濠沿いの往還を北へ十五丁(およそ一・六粁《キロ》)ほど進み、牛込《うしごめ》御門を経たところで落合村《おちあいむら》のほうから流れてきた神田川《かんだがわ》が外濠に注ぎ込んでいる。その神田川を西方向になる上流へ土手道を二十丁(およそ二・二粁)ほどさかのぼったところに架かっている橋が江戸川橋だ。神田川の江戸川橋とはみょうな名だが、江戸府内でこの橋はかなり知られている。

神田川は千代田のお濠に流れ込んでいるとの理由から、土地の者が濠に近い部分を粋《いき》がって〝江戸川〟と呼び、名を変えるあたりに架かっている橋ということで〝江戸川橋〟と、土地の者は呼んでいるのだ。その〝江戸川〟は外濠に流れ込むとふたたび神田川に名を戻し、そのまま江戸城外濠を形成し、お城の北側を東へ流れて大川《おおかわ》(隅《すみ》田川《だがわ》)の両国橋《りょうごくばし》の近くに流れ込んでいる。

杢之助は源造に問われるまでもなく、賊の思惑は読めた。神田川で江戸川の両岸は武家地と畑地で寂しい土地だが、江戸川橋を北へ渡ると雰囲気は一変する。いきなり往還は広場のように広くなってまっすぐに十丁(およそ一粁)ばかり延び、一帯は音《お》羽町《わまち》といって往還の突き当たりが護国寺《ごこくじ》である。つまり市ケ谷八幡町の規模を拡大したような門前町で、両脇には飲食をはじめ蠟燭《ろうそく》、仏具、石材、衣料などの商舗が暖簾をつらね、一歩枝道に入るとふたたび様相を変え、色街が広がっている。

江戸川橋で三百両を受け取って脇差を返し、すかさず音羽町へ逃げ込めば大久保屋敷の者が追っ手をかけても捕縛は無理だ。門前町で武士が刀を抜けば、理非を問わず土地の者が黙っていない。たちまち騒ぎになり、役人もそこが門前町であれば、踏み込むことは困難だ。しかも護国寺は五代将軍綱吉《つなよし》の肝煎《きもいり》で開山された寺領千五百石の由緒ある寺である。その門前町で刀を抜くなど、それこそ切腹ものだ。

杢之助は廊下で小者二人の背後に、居間の大久保家用人と同心に畏《おそ》れ入っているように顔を伏せたまま、音羽町の特殊な性質を簡単に話し、

「御惧《おおそ》れながら、お武家さまが江戸川橋を北へ渡り、賊を捕縛するのは難しいかと」

「みなせえ。町屋の者なら誰でもそう言いまさあ。だから、ここはあっしにお任せくだせえまし。腕っこきの浪人も動員し、音羽町に逃げ込まねえうちにふん捕《づか》まえてみせまさあ。よしんば逃げ込んでも追いかけまさあ。浪人者は、あっしの縄張内で手習い処を開いており、そこに控えている木戸番をはじめ、町の者から信頼されている、信用できる者でございます。その点はどうかご懸念ありませぬように」

「はい。榊原さまと申し、源造親分の言葉どおりのお方でございます」

杢之助は接《つ》ぎ穂《ほ》を入れた。榊原真吾のことである。

同心は町方の権威が及ばない門前町の雰囲気を知っている。岡っ引も木戸番人もお

なじことを言うのへ、

「うーむ」

大久保家の用人は頷かざるを得ない。そのためにも源造は杢之助を呼んだのだ。

「分かりもうした。ともかくその浪人に前もって会っておきたい。一緒に策も練らねばなるまいしのう」

「ごもっともで。さあ、バンモク。そういうことだ。榊原の旦那をお呼びしろ」

「へい。さっそく」

杢之助は腰を上げ、同心と面と向かい合わなかったことにホッとし、店場のほうへ出た。

「あらあら、杢之助さん。いまお茶を淹れましたのに」

「なあに、また来まさあ」

女房どのが言うのを尻目に外へ出ると、源造も追いかけるように出てきて、

「すまねえ、バンモク。で、モミジのところはどうだった。おめえのことだ。もう探りを入れたろう」

店先で、源造は中に聞こえないよう低声《こごえ》をつくった。杢之助もそれに合わせ、

「それよ。けさがた探りを入れてみたが、あそこにあるとは思えねえ」

「ふむ、そうか。だったら、やはり江戸川橋でやるしかねえな」

「そのようだ」

「うむ。頼むぜ、バンモク」

源造は杢之助を見つめ、太い眉毛をピクリと動かした。杢之助が来るまでにも、市ケ谷の鶴川屋に踏み込むことは策にはのぼらなかった。脇差の回収を第一とすれば、当然のことだろう。源造はどうやら、自分がすべてを取り仕切る容《かたち》をつくり、手柄を上げたいようだ。だから杢之助が廊下に座したのもそのままに、同心や大久保家の用人にも深く引き合わせようとしなかったのだろう。源造には源造の魂胆がある。それがかえって杢之助には、

（ありがたいぜ、源造さん）

心中に呟《つぶや》き、

「それじゃ、もう一走りしてくらあ」

来た道をとって返した。

四ツ谷御門前と左門町を往復しても、杢之助はさほど疲れを見せない。

清次の居酒屋では、

「まあまあ、杢さん。なんなんです？　朝から不意にいなくなったりして」

おミネが怪訝《けげん》そうな顔で迎えた。とっくに太一を手習い処に送り出している。

清次は李之助が戻ってくるのを待っていた。状況を察し、すでに動いていた。また二人で外の縁台に座り、

「そうなるだろうと思い、榊原さまにはもうお伝えし、隣の栄屋《さかえや》の藤兵衛《とうべえ》旦那に代講も頼んでおきやした」

「ほう。それはありがたい。さっそく儂は手習い処へ。いまからご出陣だ」

李之助は腰を上げ、

「へい。ならば、あっしもお隣さんへ」

清次も腰を上げた。御簞笥町へ走るとき暖簾越しに李之助と清次が頷きを交わしたのは、それらの段取りを整えておくとの合図だったのだ。隣の栄屋は古着商いで、あるじの藤兵衛は左門町の町役《ちょうやく》だが李之助に一目置いているというより、奥向きの件で李之助の世話になったこともあり、木戸番小屋に全幅の信を置いている。

麦ヤ横丁の手習い処では、太一も含め手習い子たちはワーッと歓声を上げた。李之助の訪《おとな》いを受け、

「ちょいと用事ができた。このあと栄屋さんに来てもらい、きょうは算盤《そろばん》と大福帳のつけ方だ」

師匠の榊原真吾が言ったのだ。手習い子たちは、日常と変わったことがけっこう楽しいのだ。とくに太一は目を輝かせた。手習いを終えて帰ると、居酒屋の板場で皿洗いや菜切りをするのではなく、夜まで木戸番小屋の留守番をすることになる。

「へん。おいら、もう一人前だい」

胸を張っていた。

六

李之助と榊原真吾は街道を四ツ谷御門に向かっている。李之助は下駄を動きやすい草鞋に履き替えて紐もきつく結び、ふところには〝四ツ谷　左門町〟と墨書された提灯と火の用心の拍子木を入れている。帰りが遅くなったとき、これが重宝なものとなるのだ。真吾は洗いざらしの袴《はかま》に筒袖《つつそで》を着込み、月代《さかやき》を伸ばした百日髷《ひゃくにちまげ》で、どこから見ても浪人である。二人のこの形《なり》なら、どんな路地裏に入っていっても不自然ではない。

「ほう、草鞋ですか」

「なるほど。街道のながれのなかに、李之助は今宵出動の経緯を説明した。

「なるほど。賊は幾人か、それが問題ですなあ」

「多くはありますまい。一人か二人」

「三人までなら、それがしと杢之助どのの二人で取り押さえられるでしょう」

「おそらく」

低声で話しながら歩を進めている。

二人が御箪笥町に入ったのは、太陽が中天にさしかかった時分だった。

「これは榊原さま。うちの人がお待ち申しております」

店の前で源造の女房どのが鄭重に迎え、

「それじゃ儂はこのまま市ケ谷へ」

杢之助は中に入らず、そのまま濠沿いの往還に向かった。

犬目の助十とは駒平をモミジのところへ連れてきたとき、清次の居酒屋の縁台で顔を合わせ、軽く言葉も交わしているが、鶴川屋彦左とは互いに顔も知らない。およその場所は松次郎や竹五郎の話から把握している。頬かぶりで周辺を歩き、賊が今宵くり出す人数を探る算段なのだ。さいわい松次郎と竹五郎はきょうも市ケ谷界隈をながしており、場合によっては鶴川屋の内部も覗《のぞ》くことができる。

一方、榊原真吾は源造の女房どのに迎えられ、居間に入った。

形は浪人だが、

「お家には大事な品と推測つかまつる。賊からつなぎがあったのはかえって吉報にござれば、ご安堵召《あんどめ》されよ」

鄭重に言い、脇差についてそれ以上を質そうとしないところに、大久保家の用人は武士の情けを感じ、一目で真吾に信を置いた。同心も、その人物を見れば怪しげな者かどうかは見分けられる。

「お頼みしますぞ」

礼を示し、さっそく江戸川橋近辺の切り絵図を開き〝軍議〟に入った。

内容については、

「――榊原さま。儂は源造さんやお役人の前で、立ち回りを披露《ひろう》するのはどうも」

李之助は道すがら、真吾に話していた。

「――ははは。李之助どのの足技を役人や源造さんが見れば、向後おぬしに過度な期待を寄せるかもしれんでなあ」

真吾は笑いながら応じたものである。〝軍議〟も真吾がそのように運んでくれることだろう。これまでも何度か真吾は李之助の必殺の足技を目にし、

（さすが、元飛脚というだけではあるまい）

と、舌を巻いている。

李之助の足は、外濠に沿い片方が武家屋敷の静かな通りからいきなり広くなった賑やかな通りに入った。奥州路や甲州路の飢饉などウソのように、華やかな茶汲み女たちの呼び込みの声が聞こえてくる。松次郎の槌音もすぐに聞こえてきた。簀張《よしずば》りの茶店と茶店のあいだの、一部空き地になったような場所に店開きをし、女衆が三人ほど座り込みお喋りに興じている。

近寄った。松次郎は木槌を振るっている最中だ。話しかけることはできない。一区切りつくまで待った。

「さあ、できやした。目をつぶって撫でてみなせい」

いつもの言葉につづけ、

「おっ、李さん。なんでこんなとこに」

「ちょいと源造さんの用事でな。きょうはどうだい、海幸屋さんはもういいのかい」

李之助もその場へ中腰になった。

「あ、あれはきのうさ。きょうは朝の一番仕事からずーっとここで打たせてもらってらあ。ありがたいことで」

「ほう、そりゃあいいなあ。で、竹さんはどうだい。おなじように繁盛してるかい」

「あら。竹さんて、あの羅宇屋さん？　だったらいまうちの茶店《みせ》でお客さんの煙管の雁首をすげ替えていますよ」

　茶汲み女の一人が応え、もう一人が、

「おじさん。さっき源造さんて言いなさったけど、四ツ谷御箪笥町の源造親分のことですか。あの岡っ引の」

「あゝ、そうだが」

「お知り合いなら言っておいてくださいな。みょうなのを下っ引にしないようにってさあ」

「そうそう。あの犬目の助十、嫌なやつだよ。自分が岡っ引気取りでこの辺をチョロチョロしてさあ」

　茶汲み女たちは互いに頷き合った。どうやら助十の評判はよろしくないようだ。

「ま、それはともかく。ちょっと竹さんのところへ顔を出してくらあ」

　杢之助は茶汲み女に場所を聞き、腰を上げた。いま知りたいのは助十の評判より、かれらのきょうの動きなのだ。
　七、八軒離れた茶店だった。縁台に羅宇竹をならべ、客となにやら談笑しながら雁首のすげ替えをしていた。

「おっ、杢さん。どうして」

松次郎とおなじように驚く竹五郎に、

「ちょいと野暮用でなあ。さあ、仕事をつづけてくんねえ」

隅っこの縁台に座り、茶を一杯注文した。清次の居酒屋の縁台では、一杯三文で何回でもお代わりできるが、ここでは若い女が派手な前掛をしているというだけで、一杯十文前後もとる。駄菓子屋で一串四文の団子《だんご》も、こうした茶店では十文、二十文となる。それを高いと思うのは野暮というものだ。客のなかにはお茶一杯に一朱、二朱とおいていく旦那や隠居もいるのだ。そういう客には、盆を縁台におくとき派手な前掛の腰を客の肩に押しつけ喜ばせる茶汲み女もいる。一朱は二百五十文で、松次郎や竹五郎がきょうはいい商いができたとホクホク顔で帰ってきたときの一日の稼ぎがおよそ一朱だから、けっこうな祝儀だ。女のなかには一分金《いちぶきん》を二枚か三枚そっと握らせるとニコリと微笑《ほほえ》み、場所をちょいと変えて転ぶ者もいる。一分は四朱で、二分や三分といえば棒手振の十日分ほどの稼ぎになる。ちょいと女遊びをといっても、けっこう高いものにつくのだ。

杢之助が一杯六文のお茶に口をつけてからすぐだった。茶店の前を通りかかったお店者とも遊び人ともつかない四十がらみの男が、

「おや、いつか来た羅宇屋さんだねえ」

竹五郎の前で立ちどまり、

「あとで家《うち》へも来てくれんかね。新しいのを一本あつらえてもらおうじゃないか」

「へい、まいどありがとうございます。このあとさっそく」

竹五郎が手をとめ返したのへ、

「いやいや、急がなくてもいいよ。きょうはこのあとずっと家にいるから」

男が立ち去りかけたのへ茶店の女が、

「あらあら鶴川屋の旦那さま。きょうは素通りですか」

追いかけ、媚《こ》びるように紅い鼻緒の下駄に音を立てた。よほどいい旦那のようだ。

「えっ！」

杢之助は思わず男の背に視線を投げた。

男はポンと女の尻をたたき、

「またな」

そのまま枝道のほうへ向かった。

「竹さん。さっきの旦那……」

「あ、、口入れの彦左旦那さ。鶴川屋っていう」

（うむ）

李之助は内心唸った。源造に似た不敵な面構《つらがま》えで、体躯《たいく》は自分や清次に似た細身の筋肉質……つまり、盗賊になれる機敏さを備えている。

竹五郎は鶴川屋の裏庭にも入ったことがあるようだ。

「さようで。番頭さんが一人に若い使用人が一人、それに通いの女中さんが、もう婆さんだが一人いまさあ」

竹五郎は答える。〝若い使用人〟は年格好を訊けば、犬目の助十とは違うようだ。

（どういうことだ）

内心、首をかしげた。鶴川屋彦左は確かに〝きょうはこのあとずっと家に〟と言っていた。

李之助は茶店を出た。江戸川橋の刻限は日の入り、暮れ六ツである。

鶴川屋の近辺と人宿の長屋のあたりもぶらついてみたが、なんら緊迫したようすは感じられなかった。

不安になってきた。

だが、太陽はどんどんと西の空へと進み、往還の人の影もそれにつれて長くなる。

（犬目の助十が、三百両の受け渡しに……）

思ったが、助十の所在をこれから確かめるのは危険だ。〝敵〟に警戒心を与えてはならない。この件にはあくまで誰も動いていないのだ。

　真吾と打ち合わせたとおり、四ツ谷八幡町の一番北の端の茶店に入り、待った。浪人姿の真吾がゆっくりと歩いてきた。一人だ。李之助は縁台から腰を上げ、肩をならべた。やはり真吾は、李之助が奉行所の同心や源造と一緒にならないような策を立ててくれていた。

「ありがたいですぜ。存分に動けやす。ですが……」

　李之助は言い、振り返った。かなりうしろを、源造と町人に変装した同心、すぐうしろに同心組屋敷の小者が二人、さらに遅れて大久保家の用人と、そして腰元風が一人に二本差しがもう一人加わっている。どこから見てもこれらが一連の動きとは見えない。李之助は源造に鶴川屋彦左の件を伝えたかったが、源造は奉行所の同心と肩をならべている。それもあるが、それぞれ別々に歩をとっている者が、一連の者と見られてはならない。幕はすでに開いているのだ。賊の目がどこに光っているか分からない。李之助は真吾に話した。

「ふむ。賊はかなりの人数で、きょう出てくる者はその一部かもしれんなあ。それなら、ますます生け捕りにしてその場で白状させねば」

　真吾は言う。

牛込御門を過ぎ、外濠を離れ神田川である江戸川の土手道に入った。土手道といっても、辺鄙《へんぴ》なところではない。江戸府内から護国寺への参詣人の多くもこの道を通るのだ。

杢之助と真吾が江戸川橋を音羽町となる北側へ渡ったころ、太陽はかなり西の空にかたむき、日の入りは近い。橋には護国寺への参詣を済ませたお店者や職人、ご新造さん、娘たちが草履や下駄の音を立て、これから音羽町に向かう男たちとすれ違っている。

二人は音羽町の一角に入って枝道や路地のようすを頭に入れ、橋の北側たもとに出ていた屋台に、

「おやじ、蕎麦《そば》を二人前だ」

これから色街へくり出す風を装った。立ったまま椀を持って蕎麦をゆっくりとすり込み、交替で橋のほうへ視線を向ける。源造や大久保家の用人たちも橋の南側で配置についているはずだ。さきほど同心の組屋敷の小者が二人、杢之助と真吾の横をなに喰わぬ顔で通り過ぎ、十歩ほど離れた屋台で立ちどまった。香ばしい匂いがそこから漂っている。イカ焼きを出している店だ。賊は音羽町のほうへ逃走しようとするはずだ。その人数が多く、杢之助と真吾が一人でも取り逃がしたとき、その者の逃げ込

んだ場を突きとめる役が、小者二人に与えられている。

橋板を渡る人の影が長くなり、そして消えた。日の入りだ。

帰りを急ぐ参詣人は少なくなり、これから音羽町へ向かう嫖客《ひょうかく》らしいのが二人、三人と渡っている。橋の南たもとに、御高祖頭巾《おこそずきん》で一見して武家の女と分かる者が一人、姿を見せた。用人ともう一人の武士と歩いていた、あの腰元風の女だ。風呂敷の小包を両手で抱え持っている。三百両の包みだ。橋の中ほどで、暮れかけた川面を見るように立ちどまった。武術の心得がある女を選んだのか、落ち着いている。

蕎麦の椀を持ったまま、

（さあ、出て来い）

杢之助は念じた。賊を捕まえるというより、どのような男が来るのか、そのほうに興味を強めていた。

「亭主、いくらかな」

真吾が勘定を済ませた。音羽の通りから橋へ向かった、参詣帰りとは思えない二人連れの着流しの男を、真吾は目にしたのだ。離れたところで、小者二人はまだイカ焼きを頬張っている。

護国寺の打つ、暮れ六ツの鐘の音が聞こえてきた。

見込み違い

一

陽が落ちれば、晩秋や冬場は黄昏《たそがれ》どきもなく急激に暗くなる。その寸前の橋の上だった。渡る者の下駄の音が、ことさら大きく響く。

「杢之助どの」

「へい」

榊原真吾の低声《こごえ》に、杢之助は押し殺した声を返した。橋の北詰《きたづめ》のたもとまでは、走れば五、六歩の至近距離だ。二人はさりげなく身構えた。

御高祖頭巾《おこそずきん》の女は、南詰のたもとから草履《ぞうり》でゆっくりと橋へ入り、中ほどで川面を見るように立ちどまり、北詰のほうからそれらしい男が来るのを確認するときびすを返し、もと来た南詰のほうへ歩を戻し、あと二、三歩というところでふたたび立ちどまった。

「脇差の人でございましょうか」

振り返り、背後に歩を合わせてきた着流しの男に声をかけた。

「うむ」

真吾は頷いた。御簞笥町で事前にその女とは会ってはいない。だが、さすが千八百石の大久保飛騨守弾正が遣わしただけのことはある。落ち着いた挙措《きょそ》である。受け渡しの場を、できる限り音羽町から離れたところでおこなう。

これが〝策〟であった。それだけ北詰を固める杢之助と真吾に、体勢を整える余裕を与えることになる。それに、もし男が腰元風に危害を加えるようなことがあれば、すぐ飛び出せるように南詰のすぐ近くの角に源造と大久保家の用人、それにもう一人の武士が身を潜《ひそ》めている。

（ん？）

策のとおり、橋の両脇を固める面々は、同時に首をかしげた。南詰にきびすを返した女に歩を合わせたのは、二人いる着流しのうち一人だけだった。もう一人の着流しは北詰のたもとにとどまったままだ。二人とも丸腰だが、ふところに匕首《あいくち》は呑んでいよう。

真吾と杢之助は男たちの用心深さに気づき、

（なるほど）

無言の頷きを交わした。南詰に陣取る源造たちも気づいたであろう。御高祖頭巾に近づいた男は手ぶらで、北詰のたもとに立ちどまった男が脇差と思われる包みを小脇に抱えている。

御高祖頭巾には幾人かの武士がついている……当然、考えられることだ。だから女を北詰のたもとに誘い、三百両を手にするなりサッと音羽町の路地へ駆け込む算段のようだ。むろん、着流しの二人は北詰のたもと周辺にも警戒の目を配ったろうが、屋台の蕎麦をすすっている、見るからに浪人者と年を経た町人を、千八百石の旗本家に仕える武士とは見なかっただろう。離れてイカ焼きをほお張っている小者二人はなおさらで、梵天帯を締めた武家の中間の形《なり》ではない。

「へい。さようで」

男は御高祖頭巾に応《こた》えると北詰のほうへ顔を向け、

「あちらのたもとでお返しいたしやす」

大きな声で言うと、

「さあ、お女中」

手で北詰のほうを示した。北詰のたもとで、もう一人の男が応じるように細長い包みを右手にかざした。橋の上には北詰の音羽町のほうへ向かう往来人が三人ほどいたが、それらに奇異の念を与えるような緊迫したやりとりではない。

「うっ」

源造も大久保家の者も、裏をかかれたような思いになっただろう。御高祖頭巾の女が脇差を手にするまで、下手に動くことはできない。物陰に凝《じ》っと息を殺している以外にないが、北詰は真吾と杢之助が固めており、安心感もある。

「さ、さようですか」

女はいくらか慌て、男のあとに随《したが》った。町駕籠が橋の上で二人を追い越した。男は緊張したように足をとめ、北詰たもとの男もかすかに身構える仕草を見せたが、駕籠はそのまま橋を抜け音羽通りのほうへ去った。杢之助と真吾も安堵した。源造や用人は、余計な策は立てていなかった。

「よし」

真吾は低く頷いた。杢之助も、

（大丈夫）

成功を確信した。すでに北詰のたもとに仲間のいないことを看《み》て取っている。杢之助にとって、いま最も厄介《やっかい》なのは、まだイカ焼きをほお張っている同心の小者二人である。このあと急激に暗くなっても、動作は慥《しか》と見とどけられる距離にいるのだ。小者といっても年若くはない。三、四十年も歳を経ている組屋敷の下僕であり、家事のほか捕物にも出ており、とっさの場合への場馴れもしていよう。

女の足は北詰のたもとを踏んだ。策の裏をかかれたことには慌てたものの、すぐ気を取り戻したか、何事もなかったような歩き方だった。

「検《あらた》めなせえ」

待っていた男は包みを解き、古びた脇差を女に見せた。

「確かに」

女は言うと、南詰のほうへ振り返り頷きを見せた。その仕草も、真吾の考えた策の一つである。お付きの人数はすべて南詰で、音羽町の北詰にはいないと相手に思わせるためだ。

杢之助は江戸川橋に向かいながら、その策を真吾から聞いたとき、

「――そこまで細かく、さすがは榊原さま」

と、心理戦にも似た気配りに感心したものだった。同時に、御高祖頭巾の動作から真吾と杢之助も、脇差が本物であることを確信した。

急激に暗さを増すなかにも、賊二人の肩から緊張の消えたのが感じられた。あとは三百両を受け取り、素早く音羽通りの枝道へ逃げ込むだけである。

「へへ、お女中。お宝をいただきましょうかい。さあ」

脇差を示したまま片方の手を出す男の口調に余裕が感じられた。

「ここに」

「どれ」

女は金子の包みを差し示して片方の手で脇差をつかみ、男が包みを受け取って中を検め、

「確かに」

言ってからの動作はさすがに素早かった。一人が三百両の包みを手にするなり、もう一人は脇差を腰元の手に渡し、きびすを返し走った。脇差は大久保家の手に戻った。

「いまだ！」

「へい！」

真吾と杢之助は同時に地を蹴った。

「ありゃっ」

屋台のおやじは突然の浪人者と町人の動きに頓狂《とんきょう》な声を上げ、イカ焼きをほお張っ

ていた小者二人も、

「あぁぁ」

事態に気づき身構えた。

「逃がさぬ！」

真吾と李之助は男二人を迎え撃つかたちになった。

「おぉぉ」

男どもは足をもつらせ、

「ウェッ」

一人が三百両の包みをその場に落とした。真吾の抜き打ちが胴を払ったのだ。峰打ちだが勢いがついている。強い衝撃で前のめりになり身を地面へ叩きつけるように倒れ込んだ。

南詰たもとでは、

「それ！」

源造と用人、さらにもう一人の侍が一斉に橋へ飛び出した。

李之助の動作も真吾と同時で、駈け寄る賊に腰を沈め左足を軸に右足を宙に舞わせようとしたが、

（まずい！）

背後に小者二人の駈け寄る気配を感じた。薄暗くなっているとはいえ、動きの見える明るさはまだ残っている。とっさの判断だった。

「うあぁあ」

「あわわわっ」

李之助は身をかがめふところの提灯と拍子木を手で押さえ、もう一人の男の足元へつまずいたように倒れこみ、男はそれに足をとられ、たたらを踏んで崩れ落ちた。あとはさすがに同心組屋敷の小者だ。動作は速かった。

「この野郎！」

二人ともイカ焼きを放り出し、崩れ込んだ男の上に折り重なった。脇で尻餅をついている李之助の耳に、

「くそーっ」

男の呻《うめ》きが聞こえる。

「でかしたぞっ」

「さあ、橋向こうへ！」

橋板に音を立て駈け寄ってきた大久保家の武士の声に源造のだみ声が重なり、その

あとは同心に用人、真吾、小者二人も一体となり男二人を、

「立てい。歩くのだ！」

橋を引きずるように南詰へ戻り、同心が縄を打った。杢之助は腰をさすりながら、あとにつづいた。芝居ではない。実際、男につまずかれたのが蹴られたように痛かったのだ。それでも橋の上で振り返り、音羽町の地回りが駈けつけていないのを確かめた。見ていたのは屋台の蕎麦屋とイカ焼きのおやじだけで、通りかかった者も足をとめただけで野次馬が集まるようなことはなかった。

橋の南詰でなおも杢之助は腰をさすりながら、

「ならば源造さん。おー、いてて。儂はここで、もう少し橋のようすを」

「おう。頼むぜ」

源造は返し、

「さあ、てめえら。さっさと歩きやがれ」

「うえっ」

男の尻を蹴り上げ、

「さあ、早く歩け」

同心が江戸川で神田川の土手道を外濠《そとぼり》のほうへ急がせた。

暗さの増すなかに杢之助は一行を見送り、

「ふーっ」

大きく息をついた。杢之助が同心と同道しなくてもいいように、ここまでは真吾の計らった〝策〟なのだ。もちろん、橋の向こうが騒がしくなっていないかどうかを見る必要がないわけではない。杢之助はふたたび橋を北へ渡り、同心とさらに離れた。

「あ、さっきの人。なんだったんだね、いまのは」

「あゝ。不逞《ふてい》な者がお武家の腰元にからもうとして、それを二本差しに見咎められ、さっきのようなことになったようだ。儂《わし》も驚いたよ」

屋台のおやじが訊いたのへ杢之助は返した。まわりをぐるりと見まわしたが、賊の仲間のような者は見あたらず、通りに灯りが点々と見えるだけだった。

二

真吾は一行につき添った。捕えられた二人は縄尻を小者にとられ、引かれ者のように小突《こづ》かれ、まだ事態が分かっていないようだ。大久保家の者らしい二本差しと同心が先頭で、御高祖頭巾の女が用人に守られるようにうしろへつき、真吾は縄目を受けた二人の見張り役のように歩をとっている。まだ人の影は見分けられる。江戸川橋のほうへ向かうお店者風の男数人とすれ違った。二本差しと縄目を受けた者の一行に、関わりを避けるように道を脇へ避けていた。

土手道というより、町屋の川端の往還となっている。

「それじゃ旦那。あっしはちょっくら先に行き、すぐ戻ってきまさあ」

源造は走りだすと、ほどなくまた走り戻ってきた。身番の弓張《ゆみはり》提灯を持った者を三人ほどともなっていた。すでに川端というより、牛込御門前の町屋の往還だ。

このあとの〝策〟は、真吾も聞いていない。武家と奉行所の仕事なのだ。

歩を進めながら、同心が十手をふところから取り出した。

「げえっ！　お役人⁉」

男二人はようやく自分たちが奉行所の手に落ちたことを悟った。これまで策の裏をかかれ、大久保家の者に取り押さえられたと思っていたようだ。弓張提灯は牛込御門前の自身番の町役《ちょうやく》と書役《かきやく》たちだった。江戸川橋に向かうとき、同心と源造が自身番に立ち寄り、町駕籠の手配も依頼していたのだ。

「ご苦労さまにございます」

町役たちは同心に辞を低くしている。夜に入り、川端の往還に人通りはない。

「さて」

町人姿の同心は言うといきなり、

「うあっ」

「うぐっ」

捕えた二人の首筋を十手で思い切り打ち据えた。鋼鉄でできている。打ちどころが悪ければ肩の骨が砕けただろう。二人は呻き、その場にうずくまった。同心は言った。

「この者ども。護国寺ご参詣帰りのお旗本に無礼を働こうとしたゆえ取り押さえた。これより暫時《ざんじ》、この町の自身番で取り調べをおこなう」

「はーっ」

町役たちは畏《かしこ》まった。

「あー、これこれ。無礼には違いなかったが、さほどのことではない。あとは任せるゆえ、よきように計らうがよいぞ」

大久保家の者と思える武士が穏やかな口調で言い、

「はっ、さように」

用人と同心の返事を背に、御高祖頭巾ともども町駕籠に乗り、牛込御門のほうへ去った。

こんどは真吾が、この状況が分からなくなった。江戸川橋からあとの〝策〟には与《あずか》っていない。

「これは?」

源造に問おうとすると、

「へい。榊原さま、ありがとうございやした。理由《わけ》はのちほど」

「榊原どの。まことにかたじけのうござった。さきほどの木戸番ともども、岡っ引の言ったようにのちほどお礼を」

源造につづき大久保家の用人も真吾に軽く会釈をする。

「そういうことでしてな、あとはお任せありたい」

同心も言うのでは仕方がない。理解はできる。奉行所の役人が出張《でば》った自身番での正規の取調べに、いかに手を借りたとはいえ浪人者をつき合わせることはできない。

だが、大久保家の用人はまだ残っている。

(高禄旗本家の名誉がかかっていることゆえか)

真吾は解し、

「ならばそれがしはこれにて」

いま来た往還へ視線をながし、その場を離れた。夕闇の降りた視界に、人の気配はなかった。

「さあ、行くんだ」

「へーっ」

「ううっ」

源造のだみ声に、引かれ者二人の悲鳴とも呻《うめ》きともつかぬ声が背後の闇のなかから聞こえる。これから二人は自身番でどんな扱いを受けるか。大久保家の用人の前で、同心と岡っ引に、紛れ者はどの中間か吐かされることだろう。予想どおり脇差が家康からの拝領物であったなら、

(可哀相な気もするが……)

真吾は思いながらすっかり暗くなった外濠沿いの往還にゆっくりと歩を進め、ふたたび振り返った。足音はないが、気配を感じたのだ。立ちどまった。

「榊原さま」

声が返ってきた。

「杢之助どの。やはり俊足《しゅんそく》ですなあ」

「いいえ。江戸川橋の北詰、何事もなかったので早々に切り上げてきただけです」

李之助は真吾と肩をならべた。道脇に屋台の蕎麦屋が出ていたので、ふところから出した提灯に火をもらった。陽が落ちてから、武家地にも食べ物の屋台はよく出ている。そこがちょっとした中間や女中、若党らの息抜きの場となっている。

まだ暗くなったばかりで、町々の木戸が閉まるには間があるが、〝四ツ谷左門町〟と墨書されたぶら提灯を持ち、首から火の用心の拍子木をぶら下げておれば、どこの自身番や武家地の辻番の前を通っても、ご苦労さんと声をかけられても誰何《すいか》されることはない。

「あの」

李之助が言いかけたのへ、

「さっきのお女中と大久保家の者と思われる侍なあ」

「へえ」

真吾のほうから先に疑問を口にした。

「できすぎている。ただの家臣や腰元ではあるまい」

「はあ。そういえばあの御高祖頭巾のお人、実に落ち着いておいででした」

「ともかく、あした源造さんが来れば事情は分かろう」

「おそらく。それにしてもあの紛れ者の二人、鶴川屋の彦左でもなければ、犬目の助十でもありやせんでした。いったい、どうなっているのでしょう」

二人の足は外濠沿いの往還を、牛込御門前から市ケ谷御門前へ向かっている。李之助の手にあるぶら提灯以外、他に灯りはない。かすかにお濠の波の音が聞こえる。いまは下駄ではなく草鞋《わらじ》なので、足音の立たないのを気にすることもない。声が忍ぶようになるのは、あたりが暗いからむしろ自然なことだ。

「彦左も助十もいなかったとなれば、きょうのこと、左門町に関係のないことだったのでは……」

「ははは。それでよいではないか、少しでも世の中の掃除ができたと思えば。あの者ども、許せぬ輩《やから》どもゆえ」

「そりゃあそうですが」

紛れ込みが単に金子を持ち出しただけなら、

『盗まれるほうが悪い』

真吾は言い、源造に頼まれても、かえって嗤《わら》うだけであったろう。だが真吾が動いたのは、賊どもが由緒ある物を盗み出し、武家の名誉を〝人質〟に金品を強請《ゆす》ろうとしたところにある。それは李之助も解している。だが李之助にすれば、左門町に〝火の粉〟が降りかからないようにするための助け働きだった。それを真吾は言った。

「杢之助どのは、鶴川屋から海幸屋へ奉公に上がったという駒平なる者が気になり、そこから左門町に住まうモミジとやらまで、さっきのあの二人と同様、縄付きになることを気にしているのだろう」

「へえ。なにやらこの一件、まだつづきがありそうな気がいたしやす」

「だから、それはあしたにでも」

「はい。源造さんの来るのを待ちやしょう」

二人の足は、市ケ谷御門前に入った。江戸では陽が落ちてから屋台や莚掛《むしろが》け、簀張《よしずば》りの小屋が火を扱うのは禁じられている。だから芝居小屋などは日暮れとともに幕引きとなり、屋台や門前町の茶店などは隠れるように営業をし、そこがまた土地の岡っ引の小遣い稼ぎの場となっている。そこに源造は極度な阿漕《あこぎ》なことはしておらず、それも縄張内で評判が悪くない要因の一つとなっている。

門前町を兼ねる市ケ谷八幡町の通りも昼間と打って変わり、この時刻に灯りがあるのは常店だけで、向かい合った濠端の茶店のならびは廃墟のように静まり、ところどころに灯りの洩れている小屋も、縁台は中にしまって道に面した部分を簀で覆い、長居の客が帰ればすぐ火を消すのだろう。

前方の灯りの洩れる簀が動き、男が一人出てきた。一瞬、顔が灯りに照らされた。

「おっ」

杢之助は小さく声を上げ、その者の背を目で追った。男が出ると、簀は怒ったように閉じられた。歓迎された客ではないようだ。

「榊原さま。あの男、犬目の助十ですぜ」

「ほう。あれが」

二人の視線のなかを、助十は何軒か離れたつぎの灯りのある簀張りに入った。通りには杢之助の手の提灯以外にも一つ二つと揺れており、助十は振り向くこともなかった。振り向いても提灯一つでは杢之助の顔までは見えなかっただろう。

「気になります。ちょっと近寄ってみましょう」

「うむ」

真吾は頷き、二人は灯りの洩れる簀張りに近づき、歩を緩めた。簀で前を覆っているのがありがたい。ゆっくりと通り過ぎることができた。声が聞こえた。

「ご法度だぜ。日暮れてからの商いはよう。気をつけな」

助十の声だ。客がいる前で、見まわりというより、嫌がらせにほかならない。

「源造さん、知っているのでしょうかねえ」

「知っておれば、放ってはおかんだろう」

「それよりも……」

「ふむ。市ケ谷の鶴川屋は、どうやら……」

関わっていないようだ。

(ならば紛れ者は……)

やはり二人の胸中は、そこに走った。

市ケ谷八幡町を過ぎ、四ツ谷への歩を踏みながらしばしの沈黙がながれ、

「やはりあした、源造さんに訊く以外……」

「なさそうだなあ」

四ツ谷御門前の町屋に、明かりは自身番と常夜灯しかない。甲州街道に入ると、両脇の民家の輪郭のみが黒く浮かび、通り全体が真っ暗な洞窟のように感じられる。ときおり揺れて見える提灯の灯りは酔客であろうか、清次の居酒屋はもうすぐだ。市ケ谷八幡の打つ夜四ツ(およそ午後十時)の鐘が聞こえてきた。街道には、もう灯りはない。大きな闇の空洞のなかに、杢之助の提灯のみが揺れている。

「留守番は一坊で、木戸は清次旦那が閉めてくれているでしょう」

「麦ヤ横丁も、ちょいと裏手から帰らねばならんなあ」

杢之助が言ったのへ、清次は返した。どこの町も、大きな通りに面した木戸は夜四

ツの鐘とともに閉めても、土地の者しか知らない路地はあるものだ。なくても、町の住人なら木戸番人と顔なじみだから、大きな声で呼べば開けてくれる。杢之助も左門町の住人に、ときおり寝こみを起こされることがある。

「榊原さま」

左門町に近づき、杢之助の声があらたまった。

「ん？」

「一坊ですが、この冬が過ぎ、春が来りゃあ、もう十二でございます」

師匠の真吾には、杢之助がなにを言おうとしているのかは分かる。杢之助の日ごろの太一への接し方が、まるで孫か親戚の子を見ているようであるのを、真吾は感じ取っている。それに母親のおミネも、杢之助には他人とは思えない、親しみを超えた思い入れのあるのが、真吾には分かる。

「あゝ。太一は商人にも職人にも、つぶしの利く子です」

「どうすれば……」

足は忍原横丁の前を通った。西隣が左門町だ。

「おミネさんと、話し合いましたか」

「い、いや。それは……」

李之助はいささか慌てた口調になり、

「さあ、左門町です。清次旦那に帰ったことを知らせやしょう。すみません、提灯をちょいと」

「あゝ。持ちましょう」

李之助は提灯を真吾に渡し、首に提げた拍子木を一打ち、

「火のーっ、よーじん」

前方に雨戸の開く音がし、明かりが往還に洩れた。清次が顔を出した。

木戸番小屋にはおミネが起きて留守番をしていた。

「太一ったら、寝るのは一人でも大丈夫だなんて言って、先に帰ってしまいました」

「ほう、そうですかい」

李之助は軽く返した。が、内心、寂しいものを覚えた。こうしたとき、太一は木戸番小屋に泊まっていたものである。

「大人になったなあ」

「え、、すっかり。そのことなんですけど」

灯芯一本の灯りのなかで、おミネは言いかけ、

「いえ。いいんです」

腰高障子を外から閉め、下駄の音を長屋のほうへ忍ばせた。李之助はホッとした。二人とも、それが太一の将来のためと分かっていても、いずれかへ奉公に出すなど口にするのも身が震える。それに李之助には、

「すまねえ、一坊におミネさん」

思いがある。太一はもちろん、おミネも松次郎や竹五郎も、李之助の以前を飛脚としか知らないのだ。

三

寝るのは遅くなっても、夜明けとともに起きるのは習慣になっている。暗い室内に白味を帯びた腰高障子がボワと浮かんで見えるころ、

「お、もうすぐ日の出か」

李之助は掻巻《かいまき》をはねのける。

長屋の路地に七厘の煙が充満し、住人たちの喧騒が過ぎれば、

「おう、李さん。行ってくらあ」

きょうも松次郎と竹五郎は市ケ谷だ。

太一の元気な声につづき、おミネの下駄の音が木戸番小屋の前をながれる。それら毎日の一連の動きは、

（儂はこの町の住人だ）

杢之助に実感させるひとときでもある。

そのあとが、きょうはことさら長く感じられた。待つあいだも、

（すまねえ）

思えてくる。太一とおミネにだけではない。松次郎や竹五郎それに一膳飯屋のかみさんや、この町の住人すべてにである。誰も杢之助の下駄さばきに気づかないのは、誰もが杢之助を端《はな》から怪しんだり、奇異に思ったりはしていない証《あかし》なのだ。

待った。

きのうの処理が忙しく、午前中は来ないだろう。来るなら午過《ひるす》ぎか夕刻近くか。

（こちらから行こうか）

思いもする。だが、あまり関心を示しすぎ、源造から奇異に思われてはまずい。

午をいくらか過ぎ、手習い処から太一がそろそろ、

「おじちゃーん」

声とともに木戸番小屋に跳び込んでくる時分だった。腰高障子に人影が浮かんだ。

障子戸が動いた。きのうの朝早くに来た、御簞笥町の若い者だった。三和土に踏み入るなり、きのうほど息せき切ってはいないが、

「まったく町《うち》の親分、人遣《ひとづか》いが荒いんだから」

「どうしたい。また源造さんの遣いかい」

「へえ。これから左門町の木戸番さんに、御簞笥町に来てもらいたいと。じゃあ、あっしはこれで」

言うとすぐに敷居を外にまたいだ。足音が街道のほうへ遠ざかる。向こうから来いという分には、渡りに船だ。さっそくおもての清次に、

「また一坊に留守番させておいてくれ。このこと、榊原さまにも」

告げて下駄のまま出かけた。

御簞笥町に着くと、源造は寝ていた。

「すみませんねえ、杢之助さん。きのうもきょうもで。うちの人、さっき疲れて八丁堀から帰ってきたんですよ。昨夜は一睡もしてないって。それですぐ杢之助さんを呼びに町の人を遣《や》らせると、そのまま寝てしまったんですよ」

女房どのが杢之助を居間にいざない、お茶の用意をしながら言う。それだけでおよその状況は分かった。事態はもう奉行所にまわされたのだ。女房どのに揺り起こされ

た源造は、眠そうに目をこすりながら、

「おぉう、バンモク、来たかい。ケリはもうついたぜ。あとは奉行所が処理してくれらあ」

端《はな》から言ったものである。

「ちょいと待ってくれ。顔を洗ってシャキッとしてくらあ。おめえも早く話を聞きてえだろうと思って、町の若い者《の》を走らせたのよ」

寝ているところを起こされたにも関わらず機嫌よさそうに言い、台所で水の音を立てて居間に戻ってきたときには、言ったとおりシャキッとした顔になっていた。町方の手先が千八百石旗奉行の旗本家に出入りでき、特別に役中頼みも出され気合いが入っているのだろう。ふたたび居間に腰を下ろすなり、

「なあ、バンモクよ。おめえ、榊原の旦那ともども、みょうに思わなかったかい。あの橋の上よ」

「橋の上？　なにを」

「ふふふ。あの御高祖頭巾のお方と、用人さんじゃねえ、歴としたお侍よ。実はな、ありゃあ殿さまの大久保飛騨守さまと、その奥方だぜ」

「えぇぇ！」

杢之助は仰天した。同時に、あらためてこの件の重大さを悟った。大久保家はあくまで脇差の紛失をなかったことにしたい。そのため家臣で動いたのは用人だけで、あるじと奥方が直接出張ってきたのだ。

「それじゃ、家中の人らも知らないこと……と」

「そうよ。真相を知っているのは、前にも言ったろう。殿さまと奥方、それに同心の旦那と俺と、榊原の旦那とおめえだけということにならあ」

横で女房どのも聞いている。だが志乃と似て、話に立ち入ろうとはしない。

「それじゃ、あの脇差！」

「そうよ。大久保さまのご先祖が関ケ原の戦いで、御大将から拝領しなすった……」

「えっ！　それじゃやっぱり神君家康公!?」

「おっと、そのさきは言うねえ。大久保家の名誉に関わらあ。紛れ者に一度は持ち出されたのは事実だからなあ。それに、この話はまだつづきそうなのだ。本来なら俺が榊原の旦那の許《もと》へ直接行かなきゃならねえところだが、いつまた大久保屋敷から急なつなぎがあるか分からねえんで、ここを留守にはできねえのよ。だからおめえに来てもらったって寸法だ。榊原さまには、おめえからよろしく伝えておいてくれ」

源造は言い、きのうの自身番でのようすを話しはじめた。

どの町の自身番にも、杢之助の住まう九尺二間の木戸番小屋と異なり、三和土《たたき》は怪しげな者を引いてきたときや行き倒れの死体が担ぎ込まれたとき、引き据えたり死体検《あらた》めができるように広く、壁には捕物道具の刺股《さすまた》や突棒《つくぼう》が立てかけられ、町名を墨書した弓張提灯や捕縄《とりなわ》もそろっている。畳部屋の広さも木戸番小屋の倍ほどもあり、文机《ふづくえ》に算盤、文具一式がそろい、町役のほかに町内で雇った書役が常時詰め、町内の人別帳もあって控帳《ひかえちょう》には住人の動向や一日の出来事がくわしく記される。いわば町役所と警察機構を備えたようなもので、費用はすべて町内の地主や家主、大振りな商家の出費によって賄《まかな》われている。だから自身番というのだが、奉行所の支配を受けている。畳部屋の奥には三畳か四畳半ほどの板壁に板張りの部屋があり、丈夫な柱には鉄の鐶《かん》が取り付けてある。引いてきた者を奉行所から役人が駈けつけるまで暫時留め置く部屋で、鐶は縄目をつなぐためのものである。

その部屋であらためて高手小手に縛り上げられ、鐶につながれた男二人の顔は蒼ざめていた。部屋には同心と源造、それに大久保家の用人も顔をそろえた。板戸を閉めた廊下には、組屋敷の小者二人が見張るように座り込んでいたという。

取調べに容赦はなかった。殴りつける音、十手で叩く音に男二人の悲鳴がおもての畳部屋にも聞こえる。五人ほどいた町役や書役たちは、そのたびに顔を見合わせたことだろう。だが、困惑の表情ではなかった。最初に引いてきた段階で〝お旗本に無礼を働こうとしたゆえ〟と、罪状は述べられている。それに同心が、

「――今宵のうちに茅場町の大番屋に引いて行く。控帳には狼藉者二人を暫時この自身番につないだことのみ記し、あとはなにも書きおく必要はなし」

町役たちに言ったのだ。同心のその言葉がなかったなら、板敷きの部屋での取調べ模様をすべて控帳に書き込まねばならない。それが奉行所のお白洲で重要な証拠となるのだ。さらに役人が自身番を使用したとき、その出費は、役人や捕方の夜食代にお茶に茶菓子、町内の者を動員したときの日当など、すべて町の持ち出しとなる。今夜中に引き揚げてくれたなら、町の費消《ひしょう》はそれだけ少なくてすむ。

「聞いて驚いたぜ」

源造は言った。

「紛れ込んでいたやつ、市ケ谷八幡町の鶴川屋が口入れした中間じゃなくって、なんと自身番を借りた牛込の口入屋が送り込んだ女中だったのよ」

「えぇえ！　じゃあ、とんだ見込み違いで？」

「そういうことにならあ」

大久保家の用人はそれを聞くとすぐ屋敷にとって返したという。

「お屋敷でどう処理なさるか、それはお武家のことだ。奉行所が関わることはできねえ。ただなあ……」

源造はつづけた。昨夜のうちに男二人は茅場町《かやばちょう》の大番屋に引かれた。茅場町は八丁堀の一角にあり、大番屋は同心の組屋敷のすぐ近くである。奉行所の白洲に引き出す前に、初期の吟味は大番屋でおこない、もちろん牢もある。きょうの朝には牛込の口入屋がそこに呼ばれ、それがまたなんとあるじは町役の一人だったが、

「昨夜は非番で自身番には詰めておらず、紛れ込みのことはまったくを知らず、同心の旦那の計らいで、きょう午《ひる》ごろ放免となった。こうなりゃ、口入れの看板は降ろさざるを得めえ。ま、牛込は俺の縄張《しま》じゃねえ。きのうは同心の旦那が一緒だったから、俺もあそこの自身番に入ることができたんだがよう、あとは向こうの同業に任せた。で、大久保屋敷のご用人さんがきょう午前《ひるめえ》に大番屋にお出《い》でなすってよ、渡りの中間や女中が必要な催し物は終わって、牛込の口入屋から雇い入れた中間と女中ももう期限も過ぎたということで、きょうの午をもってお払い箱になさったってよ。紛れ者だった女中？　だから、それは大久保さまのお屋敷が決めなさることで、奉行所からどうこう言えることじゃねえ。もっとも、昨夜捕まえたあの二人と大久保屋敷に紛れ込んでた女中なあ。上州の産で今年のはじめころ、おなじ村で喰いつめ江戸にフラ

フラ出てきた、ほれ、よくあるだろう。飢饉の溢《あぶ》れ者《もの》よ。憐れなもんさ。盗み出した物が物だけに、こいつあ打ち首になってもおかしくねえ。だが、大久保屋敷じゃおもてにしたくねえ。そこになんとか助かる道はあろうが、さあてどうなるか。同心の旦那からなにか知らせがありゃあ、おめえにもすぐ教えてやらあ」

源造は一気に話して女房どのの用意したお茶で喉を湿らせた。話のなかで、杢之助は一つ疑問を感じた。

「それじゃ源造さんよ」

「なんでえ」

「あんた、さっきお屋敷では牛込の口入屋から来たのはお払い箱って言いなさったなあ。牛込からは確か中間二人に女中三人だったなあ」

「そうよ、そのうちの女中一人が、上州の産で村の仲間の男二人と組んで紛れ込みをやらかしたってわけだ」

「そこよ、源造さん。さっき見込み違いだったって言った、市ケ谷の鶴川屋が口入れした中間二人はどうなったい」

「それ、それよ。バンモク」

源造は胡坐を組んだ上体を前にせり出し、太い眉毛を大きく動かした。釣られたように杢之助も上体を前にかたむけた。源造はふたたび話しはじめた。

「お屋敷じゃ奥方とご用人さんが、他の者に知られないよう秘かに家中に訝《いぶか》しい者がいないかどうか探りを入れなすってた」

「うん。それは聞いた」

「そのとき、本物の紛れ者だった渡りの女中はまったく怪しいところはなかったらしい。だからご用人も奥方も驚いてなすった」

「それはいい。で、そのさきは？」

杢之助は話を急かした。

「ご用人さんが驚きなすったのは、もう一つあったのよ」

「なにを？」

「実は、江戸川橋へ出張る前《めえ》から、目をつけていなすったやつがいる。それが市ケ谷の鶴川屋が口入れた中間の一人だったのよ」

「どのように」

「耕助《こうすけ》って渡りの中間よ。そいつが女中たちに、母屋の間取りなどしきりに尋ねていたってよ。ご用人さんにすりゃあ、あの二人からてっきり耕助の名が出るものとばかり思ってたらしい。ところが違った。しかし、怪しい」

「ふむ」

源造の眉毛がヒクヒクと動いている。

「そこでご用人さんは、だ。これは奉行所の手は通したくねえ、と」

「そりゃ、まあ、お武家の屋敷はお城の目付《めつけ》の管掌《かんしょう》だからなあ。もっともなことだ」

「ところがだ。渡りの中間は町屋の鶴川屋がからんでいる。探ればなにが出てくるか分からねえ。あの関ケ原の脇差みてえのが出てきて、それがおもてになったら事だ。それをはっきりさせるため耕助ともう一人の渡りを、いままでどおりなにも気づかない振りをして屋敷においておき、ようすをみようって寸法よ」

「逆に耕助って野郎に気づかれねえかい」

「ふふふ。あのご用人さんも奥方も、大《て》したお方だぜ。これまで屋敷内での探索は秘かにおこない、紛れ者の女中を外に出すにも何事もなかったように他の物と一緒に出し、屋敷内ではなんの変わったこともなかったってことよ。耕助がもし紛れ者だったら、てめえらがまだ奉公させてもらっているのをしめしめと思ってやがんじゃねえかなあ。だとすりゃあ、おめでてえやつよ」

「なるほど。さすが旗奉行の奥方と用人さんだなあ」

「そこでだ」

源造はいっそう身を乗り出し、太い眉毛をさらに大きく上下させた。

「茅場町の大番屋で、ご用人さんが俺をそっと隅に呼んで、俺にだけこの話をしたって思いねえ」

「ほう」

「つまりだ。これの処置は関ケ原の脇差同様、屋敷の者にも知られてはならねえことになるかもしれねえ。それで俺に秘かな探索をお頼みなすったのよ」

源造は声を落とした。

「場合によっちゃ、実力行使が必要になるかもしれねえ。そのための用心に、あらかじめ榊原の旦那にも助力を願いてえと……。あのご用人さん、榊原の旦那を相当見込みなすったようだ」

「なるほど、それを儂から榊原さまに伝えろ、と」

「まだあらあ」

「なんだね」

杢之助は内心、昂《たか》ぶるものを覚えた。やはり、終わってはいなかったのだ。あのとき髷のかたちも分からないほどの蓬髪に破れ笠を首に引っかけていた駒平なる若い者を、小ざっぱりとさせて割烹の海幸屋に口入れしたのは、

（犬目の助十が紛れ込ませた？）

　やはり思えてくるのだ。源造はつづけた。

「松と竹によ、市ケ谷で口入れの鶴川屋の噂を、なんでもいいから集めて俺の耳に入れるよう言っておいてくんねえか。あいつら二人、どうも俺にはいつも楯突《たてつ》きやがるからなあ」

「ははは。そういう性分なのよ、松つぁんと竹さんは。きょうも二人とも市ケ谷をながしているぜ」

「ほう、そうかい。それはちょうどいい」

「なんならこれから市ケ谷へ行って、源造さんからというより儂が細かく聞いて、ここへまた知らせに来てもいいぜ」

「ほう、そうしてくれるかい。頼まあ。それよりもおめえ、あはははは」

「なにがおかしい」

「なにがって。おめえ手を貸してくれるのはありがてえが、きのう音羽でよ、組屋敷の小者たちが言ってたぜ」

「なんて？」

　杢之助のドキリとするところである。

「野郎二人に突進したのはいいが、なにかにつまづいて倒れ込み、腹を蹴られてウンウン唸ってたっていうじゃねえか。そういやあおめえ、腹を痛そうに押さえてやがったなあ。おめえの勘の鋭いのは買うが、歳を考えて立ち回りなどよしな」

「ま、まあ、そうだったがよ」

　李之助は照れ笑いをつくった。

「まあまあ、おまえさん。うちでは李之助さんにいつも世話になっているって言ってるくせに。なんです、ご本人にはそんな憎まれ口をたたいて」

お茶の入れ替えに居間へ入ってきた女房どのが亭主をたしなめるように言う。

「いやあ、おかみさん。儂はもう歳だで、仕方ありませんや。それじゃ源造さん、これからさっそく市ケ谷へ行ってくらあ」

「おう、頼むぜ。俺はここでご用人さんからのつなぎを待たあ。いつお越しになるか分からねえからなあ」

　話し終えると、源造は急に疲れたような顔になり、そのままたゴロリと仰向けになり、大きな鼾《いびき》をかきはじめた。昨夜からいままで、相当張り切って奔走してきたのだろう。犬目の助十が下っ引気取りで地回りのようなことをしていると耳打ちする機会がなくなった。

（源造のことだ。自分で耳に入れるだろう）

　杢之助はそっと腰を上げ、居間を出た。

「杢之助さん、すいませんねえ。うちの人は杢之助さんのこと、ほんとうに頼りにしているんでございますよ」

　女房どのが外まで見送りに出た。

「いいえ。儂はいつも足手まといになり、申しわけなく思っておりやす」

　丁寧に返し、市ケ谷に向かった。

（危ねえ、危ねえ）

　外濠沿いの道に歩を運びながら杢之助は思った。あの蓬髪で江戸へフラフラと入ってきた駒助なる若い者……いま止《と》めてやらねば、飛脚をやめたときの、

（儂になっちまう）

　大久保屋敷の新たな件で源造が口入れの鶴川屋に向けている目が、割烹の海幸屋に向かわないようにしなければならない。犬目の助十が駒助を海幸屋に口入れしたことを、源造に知られてはならない。大久保屋敷の脇差ではないが、それこそなにもなかったこととして、杢之助は助十の狙いを叩き潰《つぶ》したいのだ。

四

松次郎はきのうとおなじ、茶屋と茶屋のあいだの空き地に店開きをしていた。音がするのですぐに分かった。

「おう、杢さん。きょうもかい。なにかあったのかい」

ふいごを踏みながら問う松次郎に、

(すまねえ)

胸中に念じながら、

「あったよ。源造さんに頼まれてなあ」

「ええ、あの岡っ引に？　杢さんらしくもねえ。で、いってえ、なにをだい」

「ちょいと聞き込みさ」

派手な前掛の茶汲み女が三人ほど、鍋を持って順番を待っている。

「口入れの鶴川屋さ。そこの噂を集めてくれって」

耳打ちでもするように声をこごめた。

「おう、あそこかい。そんなら竹の野郎に言っとかあ。あいつ、きょうもあの辺をながしてるはずだから」

「そりゃあ助かる」

「任しときねえ。源造に頼まれたってのは気に入らねえが」

「頼まあ。左門町をあんまり留守にはできねえ。木戸番小屋で待ってるぜ」

これで松次郎も竹五郎も、源造が来ても直接には話さないだろう。海幸屋への駒助の口入れが源造の耳に入ってはまずいのだ。竹五郎はいずれかの家の裏庭に入って羅宇竹に彫を入れているかもしれない。找《さが》すのは困難だ。左門町へ引き返そうときびすを返した。

「ちょいと、おじさん。あんた、いま源造さんて言ってなさってけど、岡っ引のあの源造親分で、その知り合いの木戸番さん？」

「あゝ、そうだが」

ふいごの横にしゃがみ込んでいた茶汲み女が立ち上がり声をかけてきたのへ、杢之助は足をとめた。

「だったら言っておいてくださいな。助十っていうタチの悪いのが最近この市ケ谷八幡町をチョロチョロしてるんで、なんとかしてくれって」

「そうかい。それならこの鋳掛屋さんに話しときねえ。それを聞いて源造親分に話しとこうじゃねえか」

李之助はその場を離れた。

「鋳掛屋さん、いいの？」

「いいともよ。どんなことだい」

茶汲み女が話しかけ、松次郎は応じていた。茶汲み女がどんな話をするか、李之助は期待を持った。助十が鶴川屋の人宿を塒《ねぐら》にしていることは、茶汲み女たちも知っているだろう。そこからなにか新たな鶴川屋の動きが見えてくるかもしれない。

（ともかく、榊原さまに大久保屋敷の話をしておかなきゃ）

左門町への足を速めた。

そのころ市ケ谷八幡宮裏手の鶴川屋では、あるじの彦左に番頭、それに助十の三人が額を寄せ合い、源造と大久保家の用人が最も知りたがっている話をしていた。

「その話、間違いはないか」

奥の一室である。彦左が不気味に不適な面相を番頭と助十に向けた。声をこめている。店場にいつも出ているのは、面相のきつい彦左より、主に番頭の次助《じすけ》である。表情は柔和で、いかにも商家の番頭さんといった印象を人に与えている。

「間違いありやせん。きょう大久保家の勝手口に耕助を呼び出し、聞いたばかりでございやすから」

番頭の次助は、顔に似合わない伝法な口調で応えた。これが本来の姿だ。以前はつい最近の駒平と同様、里で喰いつめ蓬髪でフラフラと江戸の土を踏んだのだろう。駒平のようにたまたま同郷人の彦左に拾われ、いまの境遇にどっぷりと浸かってしまったのだ。いま次助は紺看板に梵天帯を締め、武家の中間を拵《こしら》えている。その形《なり》で市ケ谷御門を入り、大久保家に紛れ込んでいる耕助とつなぎをとってきたようだ。中間が他家の中間を勝手口に訪ねるのは、よくあることでべつだん怪しいことでもなんでもない。むしろ自然だ。

「詳しく話してみろい」

「へい」

次助は話しはじめた。三人のなかで一番若い助十は、着流しで畏《かしこ》まるように凝《じ》っと聞き役にまわっている。まだ昼間で、部屋の中は明るい。

「耕助が言うには、どうも最近、屋敷内でなにかがあったらしい」

牛込の口入屋から来た渡りの中間二人と女中三人がきょう、屋敷を出されたことを耕助は話したようだ。きょうの午過ぎである。用人が早朝から慌しく門を出入りし、屋敷内では奥方が忙しそうに女中頭《じょちゅうがしら》を使嗾《しそう》し、それらが一段落したあとである。

鶴川屋彦左もなかなか勘が鋭い。というよりも、きょう番頭の次助が市ケ谷御門の橋を渡り、大久保屋敷に渡り中間の耕助を訪ねるのは、かねて予定の行動だった。この日、耕助は屋敷の勝手口を路地に出るなり、おなじ奴姿《やっこすがた》の鶴川屋の番頭次助に素早く小さな紙包みを渡した。大久保屋敷の絵図面だ。金子《きんす》が仕舞い込まれていると思われる納戸《なんど》がある部屋には丸印がつけられている。そして本来なら、嫡子元服の儀を終え屋敷全体がやれやれと気を抜き、臨時に雇い入れた中間や女中にそろそろ暇《ひま》が申し渡されるころ、

——夜更けてから
押し込む手筈《てはず》だった。それがきょうである。ところが、

「——なにかとは？」

「——へえ。どうやら先客があったらしいので」

耕助は奇妙なことを言ったらしい。

「——紛れ込みがあったらしく、それも家宝の脇差を持ち出し、屋敷じゃ身代金というか大枚の口止め料を払って取り戻したらしいので。家宝の脇差は、もう屋敷に戻っているそうで、何事もなかったように座敷の床の間に置かれていると、女中が申

してておりやした。ですが……」

元服の日になにかがあったとの噂は屋敷の中でもささやかれており、

「——確かなことは分かりませんので」

あるじの大久保飛騨守と奥方、用人がいかに極秘で迅速に動こうとも、おなじ屋敷の中である。

（いったい脇差になにがあって、どうなったのだろう）

使用人たちは噂し合っているという。そこへ女中三人と中間二人がお払い箱になった。これは不思議ではなく、渡りであればそれが当然である。だからかえって、

「——あっしら二人だけが残された理由《わけ》が分かりやせん。ご用人さんに気に入られたからなんて、そんなことはありやせん。ま、あっしが渡りにしては重宝がられていたとは思いやすが」

「——ふむ」

鶴川屋の番頭次助は奴姿で路地に立ったまま首をかしげた。盗賊の仕込みと疑われたのでは厳しく詰問され、折檻されるだろうが、何事もなかったように引きつづき屋敷に置かれているなど、

「——重宝がられていたのかもしれねえ。それにしては、もう一人の野郎、ありゃ

あのろまだ。あいつまで一緒とは」

次助は首をかしげたまま鶴川屋に戻り、頭《かしら》の彦左にいま報告しているのである。

「お頭、じゃねえ、旦那さま。あっしが思いやすには……」

番頭の次助は言った。

「耕助め、役に立つやつですが、気の使い過ぎじゃありやせんか。のろまと組み合わせたものだから、かえって気負いがあるのでは」

鶴川屋が耕助と一緒に大久保屋敷に送り込んだのは、動作の鈍い男だった。この者は盗賊ではないが、機転の利く耕助を大久保屋敷に入れるとき、怪しまれるのを防ぐため組み合わせて送り込んだのだ。

「――人は使いようでござんすねえ」

番頭の次助が言えば、頭の彦左も苦笑いして頷《うなず》いていた。これまでも何度かそれでうまくやってきたのだ。

次助が、耕助の気のまわし過ぎと言ったのへ、

「そうかもしれねえ」

彦左は肯是《こうぜ》した。大久保家の噂が屋敷内の中間や腰元たちだけでなく外にも洩れ次助の耳にも入っていたなら、彦左も慎重になったかもしれない。だがこの時点では、

中間や腰元たちのひそひそ話は屋敷内だけで、市谷八幡町の茶店へ頻繁に出入りしている犬目の助十の耳にも入っていなかった。だが早晩、噂は市ケ谷御門の外にもながれ出すだろう。大久保家の用人も、屋敷内のようすから当然そこに勘づいているはずだ。家宝の脇差が一時的とはいえ渡り者に盗み出されたなどの噂は、

（断じて封じねばならない）

新たに苦慮しているかもしれない。それは大久保家屋敷内のことで、いま市ケ谷御門外の鶴川屋の奥では、

「で、旦那さま。せっかく仕込みを入れ、絵図面まで用意できたんでさあ。それに耕助たちも、あと二、三日で屋敷をお払い箱になりやすぜ」

「そうだな」

あるじの彦左は頷き、

「きょうは一日ようすを見て、あしただ。あしたの日暮れ」

「そうこなくっちゃ。あしたの朝にでも、またこの形《なり》で大久保屋敷に行き、耕助につないでおきまさあ」

番頭の次助は紺看板に梵天帯の腹を手で音を立てて叩いた。武家屋敷へ忍び込むには、夕暮れ近くから動かねばならない。逃走も外濠の内にある屋敷なら、城門の開く

夜明けごろとなる。彦左一味はこれまでもそうしてきた。百両も二百両もと、まして千両箱などといった盗みをするのではなく、十両か二十両、せっかく忍び込んだのに三両というときもあった。だから発覚するまで時間がかかり、盗まれたと分かっても届け出ない武家がほとんどだった。といっても、二十両といえば職人の一年分の稼ぎに相当し、武家の足軽の給金が小頭《こがしら》で年五両ほど、平《ひら》なら三両ばかり。商家の女中も二両から三両といったところだ。もちろん衣食住つきだが、一晩に十両、二十両といえば大きな稼ぎだ。一度やったらこまめに働くことなど馬鹿々々しくなり、もうやめられないだろう。鶴川屋彦左は、そうした仕込みをあちこちの武家屋敷に入れているようだ。

「で、あっしは？」

犬目の助十が脇から控えめな声を入れた。茶店の通りで地まわりのように与太《よた》っている姿とはまるで違う。

「おう、助十。おめえには、きょうではなくなったが、あした大事な用があるぜ」

「へえ」

助十はピョコリと頭を下げた。あるじの彦左と番頭の次助が出かけたあと、鶴川屋に入って夜遅くまで明かりを消さず、人のいる気配をつくっておくことである。

「そうさなあ。つぎに渡りの口があったら、こんどはおめえに行ってもらおうか。耕助が人宿に帰《けえ》ってきたら、やり方をよく聞いておくんだ」

「へえ」

助十は控えめな返事を返した。横で番頭の次助が頷いていた。

「ともかくだ。武家屋敷に入《へえ》るには、人数は少ないほうがいい。見つかったとき、数を頼んで立ち向おうとしても相手は侍だ。勝ち目はねえ。だから二、三人で静かに入り、刃物など最初から持って行かねえ。これは度胸のいることだぜ」

「へえ。あっしも見習いとうございやす」

素直な態度を見せ、

「あしたでございやすね」

念を入れた。


まだ陽は高く、杢之助は街道のながれに、下駄の歩を速めている。

脇差の結末を、早く真吾に伝えたかったのだ。それに耕助なる渡りの中間の挙動が怪しく、屋敷にもう一波乱ありそうで、大久保家の用人が真吾に助力を求めるかもしれないことも……。

（狙っているのは武家の大久保屋敷なのか、町屋の海幸屋なのか。いったいどっちなんでえ）

杢之助の脳裡は混乱している。それを解くためにも、大久保家の用人が真吾に助力を求めるというのは、もっけのさいわいだった。助力のなかから、

（口入れの鶴川屋と犬目の助十の動きが）

分かるかもしれない。いま杢之助の脳裡にあるのは、

（駒平とやらを助十の手先にさせてはならない）

この一点である。駒平とやらが、たとえ助十に脅されて手先になったとしても、一度あぶく銭《ぜに》を手にすれば、

（もう後戻りはできない）

杢之助が誰よりも知っていることである。

「おっと父《とっ》つぁん、危ねえ」

「おう、御免よ」

前から走ってきた町駕籠を避けようとし、うしろから走り込んできた大八車とぶつかりそうになった。互いに声をかけ合い、すぐ体勢を立てなおす。

（みんな、汗水ながして働いてるんだなあ）

李之助はそれらに、言い知れない親しみを感じた。

清次の居酒屋の前を素通りして麦ヤ横丁の通りに入った。手習いの時間は終わり、木戸番小屋は太一が留守番をしていることだろう。

榊原真吾は奥の裏庭に面した部屋で書見台《しょけんだい》に向かっていた。

「なるほど。旗奉行の大久保家は二組の賊から、お家の員数の辻褄《つじつま》合わせにつけ込まれたわけですか。ふーむ、なるほどなるほど。あははは」

脇差の一件とは別に、渡りの中間にいかがわしい動きをしている者がいるという話に、真吾は得心したように笑いだした。

もちろん李之助はこのときも、

「それよりも、割烹の海幸屋に入っている駒平が、その道に引き込まれぬ策を講じなければ」

なにも知らぬ無垢《むく》の若い者が盗みの道に引きずり込まれるかもしれない懸念を示した。それに対し真吾も、

「まずは口入れの鶴川屋の動きを見極めてからですな。大久保屋敷が助力を求めてくるのは、かえって好都合ではないですか」

李之助とおなじ考えであった。実際、鶴川屋が海幸屋に駒平を口入れた真意は、ま

だ分からないのである。

この日、大久保屋敷から源造に火急のつなぎはなかったようだ。

その夜も、清次は熱燗のチロリを提げ、木戸番小屋のすり切れ畳に杢之助と向かい合った。

「あははは」

清次も笑いだした。だが笑った意味は、昼間の真吾とは違っていた。真吾は、武士として武家社会の形骸化《けいがいか》を嗤《わら》ったのだ。清次は、

「脇差の件がなければ、耕助とかいう渡りの中間、見落とされていたでしょうなあ。とんだ瓢簞《ひょうたん》から駒でさあ」

そこが可笑《おか》しかったのだ。

「笑い事じゃねえ。耕助とか、そやつも元服の儀にそなえた月決《つきぎ》めの中間だ。だとすりゃ、いまはいつお暇になってもおかしくねえ」

「つまり、鶴川屋が大久保屋敷へ忍び込む日は近い……と」

「そういうことだ。それにしても海幸屋はどうなるか……」

清次は灯芯一本の灯りのなかに、すぐ真剣な表情に戻り、

「向こうの動きによっては手が必要かもしれやせんぜ。こんどはあっしにも働かせて

くだせえ」

「うむ」

清次が懇願するのへ、杢之助は頷きを返していた。

外は静かで、そろそろ杢之助が火の用心にまわる時分になっていた。

五

「おう、杢さん。行ってくらあ」

「おうおう、稼いできねえ」

「きょうも市ケ谷さ」

松次郎と竹五郎の威勢のいい声に、杢之助は下駄をつっかけ、街道に出た。

きのうも日の入り前に二人は帰ってきたが、犬目の助十が下っ引気取りで町の者から嫌われ、老舗の海幸屋の内部が二派に分かれ、うまくいっていないようだといった話が中心で、鶴川屋について動きが推測できるような話はなかった。

（ともかく自然の態《てい》で、耳に入った噂を聞かせてくれ）

街道に遠ざかる二人の腰切半纏《こしきりばんてん》の背に、杢之助は念じた。

『口入れの鶴川屋の内部を……』

頼めば二人は積極的に動き、その屋内を見てきてくれるだろう。だが、それはできない。相手に勘づかれるかもしれないからだ。

荷馬の陰に、二人の背は見えなくなった。

きょうも朝の太陽に温《ぬく》もりを感じる。朝夕に吐く息が白くなるのももうすぐだ。街道にながれてくる噂は、今年も凶作で荒廃した沿道の村々の話ばかりである。

清次が暖簾から出てきた。

「動きがあれば、また源造さんの遣いの者が走ってきましょう」

「あ、」

杢之助は頷いた。

木戸番小屋に戻った。いまはそれしかすることがない。

「おじちゃーん」

太一の元気な声におミネの軽やかな下駄の音が重なる。

木戸番小屋に思いがけない来客があったのは、

「おっ母ア、手伝ってくらあ」

太一が手習い道具を木戸番小屋のすり切れ畳に放り置き、敷居をまた跳び越えてすぐだった。

「わっ、駕籠。二挺も」

太一の声がおもてから聞こえた。木戸の前に町駕籠が二挺、駕籠尻をつけたのだ。

「ごめんくださいまし」

太一が外から閉めたばかりの腰高障子に人影が射し、丁重な声が入ってきた。杢之助はすぐに分かった。市ケ谷の海幸屋卯市郎だ。駕籠は二挺で影も二つ。一人は女のようだ。

（モミジさん？）

一瞬思ったが、モミジが卯市郎と一緒に駕籠で？　あり得ない。ともかく、

「これは、これは。市ケ谷の卯市郎旦那」

三和土に急いで下り、下駄をつっかけた。以前、卯市郎が左門町の木戸番小屋に来たのは、モミジのところに若い男が出入りしていないかどうか見張ってくれと頼んだときだった。出入りしている若い男はいた。犬目の助十だ。モミジの色男ではなく、モミジになにやら頼み込んでいるようすだったことを、杢之助は卯市郎に話した。それが、駒平の海幸屋への口入れだったのだ。

（それとなにか関係のあること？　まさか駒平にみょうな動きが）

頭にめぐらせ、

「さあ、お入りくだせえ」

李之助は腰高障子に音を立て、

（あっ！）

内心声を上げた。

卯市郎の背後に立っている女、

（海幸屋の女将《おかみ》、おセイさん！）

直感した。清次のしっかり者の女房、志乃に印象が似ているのだ。

「そちらは」

訊こうとした李之助の声に、

「木戸番さん。お恥ずかしい話ですが、きょうは家内が一緒でしてねえ」

やはりそうだった。

「ほんとに、お恥ずかしいことでございます」

状況を解しかねている李之助に、おセイが軽く会釈して言った。老舗の女将の貫禄を感じる。

「ささ。狭くむさ苦しいところですが、ともかく中へ」

杢之助は急いですり切れ畳の荒物を隅に押しやり、

「儂《わし》はこういったところのほうが、落ち着く性分でしてなあ」

言いながら腰高障子を閉め、

「なにやら理由《わけ》がおありとお見受けいたしますが」

畳に上がって二人に腰を下ろすよう手で示した。

「実はねえ、木戸番さん。ちょっと気になることがありましてねえ」

「あたしから話しましょう」

二人はすり切れ畳に浅く腰を下ろし、卯市郎が言いかけたのを、おセイがすぐに引き取った。海幸屋では、すべてにおセイが中心になっていることがそこからも窺《うかが》える。しかも二人で左門町に来たということは、女将のおセイはすでに卯市郎が駒平を海幸屋に連れて来た経緯も、暇を取らせたモミジが左門町で卯市郎に囲われていることも、すべて知った上でのことであろう。どのように知ったか、おそらく駒平を詰問し、そのあたりからおセイは手繰っていったのだろう。そこに卯市郎とおセイにどのようなやりとりがあったのか、それは夫婦のことで杢之助は関心がない。あるのは、夫婦そろってここに来た理由である。

「駒平のことですが。あぁ、駒平とは、新しく下働きに入れた者ですが」

「存じております」

やはりそうだった。杢之助はさきをうながすように返した。老舗の旦那と女将がそろって九尺二間の木戸番小屋の前に立ち、しかもすり切れ畳に腰を下ろすなど、それだけで異様なことなのだ。

腰高障子が動いた。

「お口に合いますかどうか」

志乃だ。清次に言われ、物見《ものみ》に来たのだ。

「市ケ谷からのお客さんでねえ。ご夫婦そろって」

二人のあいだに急須と湯呑みを載せた盆を置く志乃に杢之助は言った。

「さようでございますか」

志乃は二人に会釈し、外から腰高障子を閉めた。これで清次に、来たのが海幸屋夫婦であることは伝わるだろう。

「おもての居酒屋のおかみさんでしてね。いつもこうしてくれるのですよ」

杢之助は二人に茶を勧め、

「駒平どんなら、この左門町に一度来たことがありますが、その小僧さんがなにか？」

「それをご存じなら、話しやすうございます」

おセイは話しはじめた。きょうのことだという。いつものように駒平は大八車を牽き、包丁人と一緒に日の出前に芝浜まで鮮魚の買出しに出かけた。そのとき駒平は荷を牽《ひ》きながら包丁人に、

「――おいらを、いや、わたくしをお商舗《みせ》に口入れしてくれた、人宿の助十さんという人が、今夜遊びに行くから、勝手口の板戸を開けておけと、わたくしに言うのでございますよ。そんなこと、よろしゅうございますのでしょうか」

言ったという。駒平は海幸屋で相当言葉遣いを正されているようだ。

まだ朝のうちに、それは包丁人からおセイに伝わった。口入屋がそのようなことを……奇異に感じたおセイは卯市郎を詰問し、

「そのときあたくしは、助十という者が鶴川屋の者であることを初めて知ったのでございます。鶴川屋が胡散臭《うさんくさ》いとのことは、あたしも噂に聞いて知っております」

そこでおセイは卯市郎に問い質《ただ》し、最初の口利きがモミジだったことを白状させ、

「あたくしの邪推かもしれませんが」

おセイは前置きし、

「モミジが鶴川屋と組んでなにか企《たくら》んでいるのか、それとも鶴川屋の助十という者に脅《おど》されているのか……それを確かめるよう主人に言ったのでございます。それでい

ま、腰の重い主人をうながし、ここまで連れてきたのでございます」

横で卯市郎はうなだれたようすで、ときおり頷きを入れている。

もっともな話だ。杢之助は内心、ほほえましくも感じた。

(あんたがついてきなすったのは、それだけではありますまい)

女房として、亭主をめかけのところへ送り出すのは心配だ。しかし、事態は笑い事ではない。おセイは言葉をつづけた。

「最初は、岡っ引の源造さんに相談しようかと思いました。ですが、源造さんはお上を背景になさっておいでの方です。このことからなにが出てくるか分かりません。それで主人から左門町の木戸番さんのことを聞き、それに以前、松次郎さんという鋳掛屋さんに裏庭で仕事をしたもらったとき、左門町の木戸番さんは面倒見がよく、頼りになる人だと聞いたことがあります。できれば、なにが飛び出してこようと穏やかに済ませたいと思い、恥を忍び、きょうのこの仕儀になった次第でございます」

やはり老舗の女将である。なにかの事件に巻き込まれ、暖簾に疵《きず》がつくことを怖れている。内々に収めたい……武家の大久保家の発想と同質である。杢之助にとってそれは、むしろさいわいなことであった。

「ご新造さん、お察しいたしますよ」

「ありがとうございます。急なことできょうはなにも持ち合わせておりませんが、お礼はのちほどに」

「そんなご斟酌《しんしゃく》はご無用に願いますよ」

「いえ、それではあたくしの気が済みません。実は、これから主人にモミジに質してもらい、あたくしはここで待たせていただきたいのです」

亭主はこれから妾宅へ繰り出す。女房はすぐ近くまでついて来ている。しかも昼間だ。そのような環境で、たとえ四畳半でモミジと向かい合っても色事には及べまい。それに、おセイはカッときて妾宅にみずから乗り込むようなことは控えようとしている。なかなかの女だ。このような女房の差配なら、卯市郎はモミジを質すという目的を果たし、またここへ戻ってくるだろう。杢之助が頷くと、

「さあ、それではおまえさま。モミジのところへ」

「あ、あぁ」

卯市郎はきまり悪そうに腰を上げ、腰高障子を開け外に出た。

「しっかり、質してきてくださいよ」

おセイも見送るように腰を上げ亭主を送り出すと、内から障子戸を閉めた。

木戸番小屋の中は杢之助とおセイの二人になった。

「うちの主人《ひと》……」

言いながらおセイはまた浅く腰を下ろし、杢之助のほうへ身をよじった。

「ご新造さん」

杢之助は、おセイの先手をとるように話しかけた。おセイはおそらく、モミジがいつごろからこの左門町に住むようになり、卯市郎がどのくらい通ってきていたかも訊きたかったのであろう。だが杢之助にとって、それはまったくの他人事である。脳裡にあるのは駒平という、太一より数年歳《とし》を経ている若者に、

（鶴川屋彦左や助十がどうからんでいるのか。大久保家への仕掛けとの関連は？）

そのことである。

「ご新造さんは駒平という小僧さんのことを、どう見ていなさる」

「どう見ているって、とても悪いようには見えませんが」

「だったら儂も話はしやすい」

「え？」

おセイは話に乗り、小首をかしげた。杢之助はつづけた。老舗の女将なら、世故《せこ》にも長《た》けていよう。盗賊の話をしても、驚くまい。

「ならば、口入屋の彦左とかその配下の助十などとお会いになったことは？」

「ありません」

「そうですかい。もし一度でもお会いになっていたなら、いまご新造さんが感じなすっておいでの疑問、もっと強烈に感じなさるはずです」

「なにをおっしゃっているのか、分かりませんが」

「へえ。駒平という小僧さんのことですよ。助十にみょうなことを言われ、それを板前さんに相談するように話すなんざ、可愛いじゃありやせんか」

「それは、あたくしもそのように」

「つまり、助十なる者が腹に一物《いちもつ》あるとすれば、駒平という小僧さんも、それにモミジさんも、うまく利用されているだけじゃござんせんかねえ」

卯市郎がモミジからなにを聞き出してくるか分からないが、杢之助はおセイがモミジと駒平に対し〝邪推〟を膨らませぬよう計っておきたかった。

「一物？　いかような」

「長年木戸番をやっておりますと、さまざまな顔を見、信じられないような話も聞くものでございます」

杢之助は前置きするように言い、

「盗賊が狙いを定めた商家や武家のお屋敷に、まえもって仕込みを入れるってえ話も聞いたことがございやす。それが丁稚や女中、飯炊きの爺さん、武家では腰元や中間であったりするとか」

「えぇえ！　そんならモミジや駒平が！」

「おっと、そうじゃございやせん。当人の知らぬうちに利用されている場合も……」

話しているところへ、

「ん？」

腰高障子の外に下駄の走る音が聞こえ、すぐだった。

「木戸番さん！」

腰高障子が勢いよく外から開けられた。杢之助も驚いたがおセイはさらに、

「えぇえ!!」

声を出し立ち上がった。モミジだったのだ。うしろから卯市郎が追いかけるように走り込んでくる。モミジは三和土へ飛び込むなり、

「女将さんがここへ、来ておいでだと、旦那さまから聞き、あたし、もう捨ててはおけず」

息せき切り、言うのが途切れ途切れだった。

「ともかく中へ」

状況はどう展開するか、杢之助は三和土に下り卯市郎の背を中へ押し込み障子戸を閉めようとしたところへ、

「お客さんの数が増えたようですねえ」

清次が小走りに三和土へ顔を入れた。飲食の店が一息ついている時間帯だ。物見に出した志乃が戻ってきてから、木戸の陰からようすを窺っていたのだ。町内の住人を含めた往来人が足をとめ、一膳飯屋のかみさんも木戸番小屋の異状に気づき、通りの中ほどから凝っと見つめている。いますぐにでも下駄の音をけたたましく響かせそうなようすだ。木戸番小屋が周囲の注目を集めるのはまずい。

「あ、、おもての旦那」

「はい。わたくし、おもての居酒屋でございます。ここは人の出入りも多うございます。なんでしたら狭いところですが、うちの奥の部屋をお使いになっては」

慇懃《いんぎん》に腰を折る清次に、杢之助は救われた思いになった。

「あらら。きょうはまたいったい？」

町内のおかみさんが荒物を買いに来たのかようすを見に来たのか、腰高障子のすき間から顔をのぞかせた。息せき切って来たモミジも落ち着きを取り戻したか、戸惑ったようすになった。

六

「わっ。さっきの駕籠のおじさんとおばさんだ」

板場から顔をのぞかせた太一が、清次にいざなわれ店場に入ってきた海幸屋夫婦に声を上げた。

「あらあら、小僧さんもいるのね。奥をお借りしますね」

おセイは太一に声をかけ、あとに杢之助とモミジがつづいている。

「わっ、きょうも留守番だ」

太一の声を背に、場は居酒屋の奥の居間に移った。志乃が部屋をかたづけている。おミネは正妻とおめかけの対決と見たか、戸惑ったように、また興味深げに一行の背を見つめ、首をかしげた。

（なんかようすが違うような）

志乃か清次があとで説明するだろう。モミジはむろん卯市郎もおセイも、三人そろえば言いたいことは無尽にあろうか。やはり整理役に第三者が一人いたほうが話は進めやすい。

「木戸番さんも聞いてくださいまし」

まっさきに杢之助のとりなしでモミジが話しはじめた。果たして犬目の助十から、店の売り上げはいつもどこに置いてあるのか……訊かれていた。

ふたたび助十は、モミジが四ツ谷左門町で卯市郎旦那に囲われていることを、女将のおセイに伏せておくことを交換条件に脅迫していた。モミジは仕方なく話した。だがいま、その条件は効力を失ったのだ。

「あたくし、もう恐ろしくって。それに、あの無垢な感じの駒平さんまで巻き添えにするのに手を貸してしまったのではないかと。夜も眠られず、かといって海幸に駈け込むこともできず、木戸番さんに打ち明け、市ケ谷へ行ってもらおうかと、何度も思ったのでございます」

「そ、そ、そんなら、あの助十とやらは！」

モミジの告白に卯市郎は驚愕の声を上げ、それは店場のほうにも聞こえた。

「それがまさか、きょう、今夜！」

「のようでございますねえ」

愕然とするおセイに杢之助は落ち着いた声をかぶせた。この場に杢之助がいなければ、座は乱れ騒ぎは市ケ谷に飛び火し、源造が乗り出すことになったであろう。

「海幸屋さん。穏便に収めたいのでございましょう」

李之助は低く言った。李之助にとってもこの一件、おもてになってはならない。脅されたとしても、モミジも関与したのだ。八丁堀が左門町に入り、その案内役には李之助が立つことになる。

一同の思惑は一致し、座の人数は増えた。

「ふむ、海幸屋さん。家の間取りを図に書いてくださらんか」

話を聞き、策を考えながら言ったのは榊原真吾だ。太一が清次に言われ、手習い処へ呼びに行ったのだ。そこに清次も加わっている。今宵、犬目の助十が何人で押し入るか分からない。一人か、多くても二、三人だろう。武器はせいぜい匕首《あいくち》くらいか。李之助と清次が出張ればそれで十分だ。だがあくまで、

（儂は市井《しせい》に埋もれる木戸番、清次はどこにでもいるような居酒屋の亭主）

なのだ。

「――打ってつけのお方がおいででございますよ」

李之助は海幸屋夫婦に言ったのだ。手習い処の以前は内藤新宿で複数の旅籠《はたご》の用心棒をしていたと聞いては、卯市郎にもおセイにも否《いな》やはない。おセイは精悍な感じの真吾を一目見るなり、

（このご浪人さまなら頼りに）

なると確信した。

半紙に画かれた図面を囲み、モミジはまだ蒼ざめた表情で身をこわばらせている。

策というほどのことでもない。助十が何人連れてこようが、真吾が峰打ちで捕えるのは簡単だ。だが、難しいのはそのあとの処理だ。

妙案が浮かばない。杢之助は考えあぐねた。

そこへ突然、真吾が出張る第一の策が根底から崩れる事態が発生した。

木戸番小屋へ留守番に出ていた太一が、

「おじちゃーん」

また店場に跳び込んできたのだ。そのすぐうしろに源造ともう一人、品のよさそうな武士がついていた。

（なにかしら）

店場にいた志乃は戸惑い、おミネは怪訝《けげん》な表情になった。

「杢のおじちゃんとお師匠にだって。だからこっちへ連れてきたんだ」

「おう、バンモク。どこだい」

他に客は入っておらず、源造のだみ声は奥の居間まで聞こえた。

女将のおセイは驚きの声を上げた。

「儂がなんとかしましょう。榊原さま、お願いいたします。海幸屋さんとモミジさんは清次旦那とここに」

言うと杢之助は真吾をうながし、店場に出た。

「やあやあ、源造さん。どうしなすったね。あっ、そちらのお武家さまは」

源造の塒で、また江戸川橋で見ている。……大久保家の用人である。

「どうしたって、おめえのほうこそ。太一が榊原の旦那もこっちだって言うからよ」

「あゝ。以前この左門町に住んでいて、お子を麦ヤ横丁の手習い処に通わせてなすったお人が久しぶりに訪ねてきて、いま清次旦那も交え奥で昔話などしてたのさ」

「そうかい。あ、榊原の旦那、実はこちらのご用人さまと願い事がありやして」

一歩、間を置いて店場へ出てきた真吾に源造は腰を折った。

大久保家の用人は真吾に威儀を正し、

「先日はお世話に相なりもうした。再度のことで痛み入るが」

「なあに」

慇懃《いんぎん》に言ったのへ真吾は軽く返した。店場に客がいないのはさいわいだった。

「えっ？　さっきのご夫婦……以前この町に？」

言いかけたおミネに志乃は、

「さあさあ、あたしたちは夕の仕込みをしておきましょう。それに、店はしばらく閉めておきましょうねえ」

暖簾を降ろし、おミネをうながして板場に入った。清次は奥の居間で、卯市郎、おセイ、モミジと、固唾を呑むように息を殺している。

隅の飯台に、杢之助と真吾、源造と大久保家の用人は向かい合って座った。八丁堀の役人でなければ、杢之助は安心して顔を突き合わせることができる。

源造は飯台の上へ身を乗り出し、

「バンモクよ、驚くな。榊原の旦那も聞いてくだせえ」

声を落とした。

「俺の下っ引をさせろとぬかしていた助十なあ、仲間を俺に密告《さ》してきやがったぜ」

「えっ！　どんなことを？」

杢之助はドキリとした。

源造はつづけた。

「こちらの大久保さまのお屋敷に入れた渡りの中間さ、やはり鶴川屋の仕込みだったのでさあ。彦左め、あっしの睨んだとおり盗賊でやした」

真吾が一緒だから、言葉をあらためている。その源造のかたわらで、大久保家の用人は大きく頷きを示した。

「助十め、なにを垂《た》れ込んだと思いやすね」

源造はさらに声を抑えた。李之助は固唾を呑み、つぎの言葉を待った。

「鶴川屋の彦左め、中間の耕助とかの手引きで大久保さまのお屋敷に忍び込むのが、つまり今夜で、番頭の次助と二人で……と」

「なんだって！」

李之助の声だけが奥の居間に聞こえた。海幸屋でも駒平のことでもなかった。奥で清次らは、いっそう息を殺した。

犬目の助十はきょう午《ひる》ごろ四ツ谷御箪笥町に顔を出し、

「――へえ。あっしは今夜、鶴川屋に泊まり込み、明かりを点けて人がいるように小細工をする役目でさあ。親分の手で大久保さまのお屋敷に垂れ込み、捕まえておくんなせえ。へへへ、これで市ケ谷の掃除はできまさあ」

言ったという。

さらに、

「――あとはよろしく、あっしを市ケ谷八幡町の下っ引に」

　それは大久保家の用人には関心のないことである。

「賊はむろん、渡りの中間ともどもわが方が屋敷内で取り押さえ……」

　源造のあとを、用人はつないだ。

「明日早朝、市ケ谷御門で町方に引き渡す。それまでに貴殿は源造を助け、助十なる無頼の者と、他に一味の者がおればそやつらも押さえておいてもらいたい。そこで源造が夜明けまでに、存分に家捜しできるよう後見していただきたい。いかがか。江戸川橋での謝礼もまだしておらず申しわけござらぬが、大久保家として恥ずかしくないことは考えておる。ふむ、なにゆえさようなことを頼むか……それは、武士は相身互い。そなたなら解してくれると思い、頼んでいる次第でござる」

　江戸川橋の一件で、用人は真吾から〝武士の体面を保つために〟との意志を感じ取っている。

「そういうわけでござんす。榊原の旦那、よろしゅう合力《ごうりき》しておくんなせえ。それにバンモクよ。なにぶん夜のことでな、床下から屋根裏まで找《さが》さなきゃなんねえ。めったなやつに助っ人など頼めねえ。おめえも旦那と一緒に来て、家捜しを助《す》けてもらいてえ。なあに、おめえの木戸番小屋は松か竹に留守をさせておけばいい」

杢之助と真吾は顔を見合わせた。さきの紛れ者の女中と中間が持ち出したのは〝家康公拝領の脇差〟だけだったが、耕助とやらもなにか持ち出した兆候があるのか、あるいは鶴川屋彦左の手の者が他の屋敷から強請《ゆすり》の種になるような物を持ち出し、隠し持っていると推測し、

（ともかく、町方の手が入る前にそれらを確保し、武家の失態が公《おおやけ》に晒《さら》されるのを防がねばならい）

その思いか。ならば用人の言った〝武士は相身互い〟は理解できる。もちろん、大久保家が他の屋敷の秘密を握ることにつながる。だがそれは、真吾にとっては濠の内側のこと……。

「お引受けいたしましょう」

「おぉ！」

真吾が言ったのへ、用人は感動の声を上げた。

飯台にやわらいだ空気がながれた。

志乃が板場から入れ替えの茶を盆に載せ、出てきた。

大筋の策は用人が話したとおり、すでにできている。

「ともかく、動くのは陽が落ちてからでござる。頼みましたぞ」

ふたたび慇懃に腰を折り、用人と源造は引き上げた。

志乃は降ろしていた暖簾を出した。陽はまだ高い。

「ふーっ」

奥の居間で、清次はようやく安堵の息をついた。だが卯市郎は狐につままれたような表情になり、おセイも同様で部屋に戻ってきた杢之助と真吾に、

「いったい、どうなっているのでございましょう」

訊《たず》ねた。モミジも含め、卯市郎もおセイも、大久保家の件は知らないのだ。

いずれにせよ真吾は、源造につき合わねばならなくなった。策を練りなおすにも、おセイと卯市郎らに渡り中間の話から始めなければならない。

杢之助は話した。話の進むなかに、

「やはり」

おセイは頷き、

「そんな恐ろしいこと！」

卯市郎とモミジは一様に驚愕した表情になった。初めて聞く者には、渡り中間が盗賊の仕込みなどとは想像もしなかったことである。それがまた、海幸屋とも絡《から》んでいるのだ。

杢之助はつづけた。

「つまりですなあ、鶴川屋の彦左と次助が大久保屋敷に忍び込んでいるころ、助十は海幸屋さんに忍び込む。彦左と次助は捕まる。取調べで白状するでしょう……助十は鶴川屋の者が出かけていないように見せかけるため呼んでおいた……と。助十め、盗賊に自分がその時刻、鶴川屋にいたと証明させる算段でござんしょう。そうとしか考えられませんわい」

「で、どうなりましょうか」

卯市郎は消え入るような声で問いを入れた。

「逆にそれを利用するのです。禍《か》を福《ふく》と成《な》しましょう」

「ほう、杢之助どの。なにか妙案が浮かんだようですな」

真吾が笑顔をつくった。

さきほど大久保家の用人も言ったとおり、すべての動きはきょうの夕刻からだ。それまで、まだいくぶんの間はある。用人と源造のいない場で、あらためて〝軍議〟は進められた。

おミネがおセイと卯市郎に町駕籠を呼び、モミジが深々と頭を下げてそれら二挺を見送り、清次の居酒屋は普段の顔に戻った。

「あ、おじちゃん。話、もう終わったの」

木戸番小屋に戻り、太一の声に杢之助はホッとした。左門町に変化はない。腰高障子に手をかけたとき、通りに目をやったが、一膳飯屋も夕の仕込みで忙しくなったのか、かみさんがおもてに立ってこちらを窺っているようすもなかった。源造が来ただけで、下駄の音を町内に轟《とどろ》かせるかみさんなのだ。モミジもかみさんに捉《つか》まらず妾宅へ帰れそうだ。

救いの手

一

夕刻が近づいた。

街道に面した清次の居酒屋は、そろそろ客が立て込むころだ。

その暖簾が動いた。

「清次さんの店はこちらでござんしょうか」

声とともに店場に入ってきたのは、着流しで清次より一まわりほど若い男だった。

志乃もおミネも飯台を拭いていた手をとめ、太一も板場から顔をのぞかせ、

「わっ、お出《い》でだ」

「お待ちしておりやした。こんなところですが、よろしゅうお願いいたします」

店場に出てきた清次も鄭重に迎えた。

　そのすぐあとだった。

「杢さん、歳《とし》を考えて、無理はしないでくださいよ」

　おミネの心配げな顔に見送られ、杢之助が清次と連れだって出かけた。来たのは、市ケ谷の海幸屋の包丁人である。

　源造と大久保家の用人が帰ったあと、居間で再開された膝詰めのなかに、

「――木戸番さんとこちらの旦那さまには、まことに申しわけありません。海幸《うち》から板前を一人、こちらへ手伝いに寄こしますので」

　海幸屋の女将《おかみ》おセイは言ったのだ。この包丁人が来るまえに、榊原真吾はすでに両刀をたばさみ、御簞笥町に出かけている。店場の飯台で大久保屋敷の用人と申し合わせたとおり、御簞笥町で待っていた源造と一緒に市ケ谷へ向かったことであろう。

　杢之助が今宵も左門町を留守にするとなれば、木戸番小屋にはまた太一が入ることになる。だが今回は違った。

「――えっ、老舗の板前さんが来るって！　おいら、見てみたいや。そんな人の包丁さばきをさあ」

　まるで駄々っ子のようだった。

「――おう、それがいいかもしれねえ」

言ったのは李之助だった。太一の心の動きを感じ取ったのだ。おミネも真剣な表情で、

「――じゃあ、そうするかい」

応じていた。結局、木戸番小屋の留守番は源造が言ったように、松次郎と竹五郎に頼むことになった。

「危ねえ綱渡りでござんすねえ」

「そうなりそうだ」

李之助と清次は街道のながれに混じり、低声《こごえ》を交わしている。

「――儂は木戸番小屋の段取りをつけ、夜更けてから行かあ。榊原さまが犬目の助十ら、幾人いるか分からねえ賊どもを押さえつけなすってから」

「――おう、そのほうがいい。鶴川屋が修羅場になったら、おめえ、またひっくり返《けえ》って腰でも打ったら、家捜しも手伝えなくなるからなあ」

清次の居酒屋の飯台を囲み、大久保家の用人を交えて段取りを決めたとき、李之助が言ったのへ源造は返したものである。そのとき決めた段取りでは、市ケ谷へ出張るのは真吾と李之助だけで、清次も出張って代わりに海幸屋の包丁人が居酒屋の板場に入ることは、源造の知らないことなのだ。

　四ツ谷御門前に着いたころ、陽は沈んだ。松次郎と竹五郎は脇道を通ったのか、途中で会うことはなかった。二人はもう木戸番小屋に入り、志乃から杢之助の言付けを聞き、居酒屋が酒も肴も出すと言われていまごろホクホク顔で湯に浸かっているころだろう。とくに杢之助は、

「――くれぐれも火の用心には気をつけ、見まわりも忘れないように」

　言付けている。それが木戸番小屋の一番大事な仕事である。だから今宵、拍子木は木戸番小屋に残し、持ってきていない。

　四ツ谷で提灯に火を入れて外濠沿いの道を市ケ谷八幡町に向かい、暗さの増すなかに濠の水音を聞きながら片方が武家地の白壁の往還では、もう人通りはない。杢之助は清次と一緒なら足音に気を遣《つか》うこともなく、それに二人とも草鞋《わらじ》である。

「きょうの舞台はどんな筋書になりやしょうか、うまく運べばいいのですが」

「ま、向こうには榊原さまがついていてくださる。うまく合わせてくださろうよ」

　今宵は黒子《くろこ》を杢之助が演じ、清次がその支え役だ。

「ですが、どう展開するか……」

「ははは、清次よ。もう舞台の幕は開いてるんだぜ。その場その場を見て判断する以外に方法はねえ」

「へえ、さようですが……」

と、いつもと違い主役で黒子の杢之助より、支え役の清次のほうが、

(取り越し苦労)

を、おもてにしている。

市ケ谷八幡町に入った。ポツポツと灯りの消えはじめている茶店の向かい側には、常店《じょうみせ》の大きな軒提灯《のきちょうちん》が簀張《よしず》りに差をつけるように灯りを往還に投げかけている。八幡宮石段下に近い海幸屋は、さすが老舗の貫禄か陽が落ちてから客は入れない。日の入り前から入っていた客が帰ると暖簾を降ろす。ちょうど仲居が出て暖簾を降ろしているときだった。

「左門町から参りやしたが」

杢之助が訪《おとな》いを入れると、すぐに女将のおセイが出てきて、

「さあ、こちらへ。あ、お二人の草鞋も部屋のほうへ」

「え?」

言われた仲居は怪訝《けげん》な顔になった。部屋はすでに用意されていた。一番奥の座敷だった。それだけ裏庭にも勝手口にも近い。もちろん包丁人たちで待ち構えれば、少人数の賊なら太刀打ちできる。だが、駒平はどうなる。清次の居酒屋の居間で策が練

られたのはこの点だった。騒ぎのなかに賊を取り押さえたなら、自身番を通じて町方が出張ることになる。犬目の助十は茅場町の大番屋に引かれ、

『へえ。勝手口の小桟《こざる》は、海幸の下男の駒平が開けておいてくれやした』

言えばどうなる。海幸屋から縄付きを出すことになる。それが、駒平なのだ。

「――すべてをなかったことに……」

おセイは言ったのだ。

「さっそくですが、勝手口と裏庭を見せてくだせえ」

杢之助の要望で案内に立ったのは、あるじの卯市郎だった。武家の大久保屋敷とおなじだ。大久保屋敷も、奉公人ではなく亭主と奥方が動いた。海幸屋でも今宵のことは、奉公人たちには知らされていない。駒平から相談を受けた包丁人は、いま清次の居酒屋の板場に入っている。

時は過ぎ、宵《よい》の五ツ（およそ午後八時）時分になったろうか。市ケ谷八幡の打つ時ノ鐘が大きく聞こえる。この時分、おもて通りの常店ではまだ軒提灯の火は消えていないが、海幸屋ではもう明かりのある部屋はない。奉公人たちは寝静まっており、奥の卯市郎とおセイの部屋にも灯りはない。だが二人とも、夜着には着替えていない。寝静まった振りをしているだけである。

「──ほんとうに、ほんとうに申しわけありません」

裏庭と勝手口のあたり、それにモミジが教えた銭函《ぜにばこ》のある部屋への侵入路となりそうな廊下を一通り見たあと、おセイは杢之助と清次に幾度も頭を下げていた。あるじの卯市郎も同様だ。黒子として助っ人に来た杢之助と清次が、いま勝手口の見える母屋の縁の下とあっては、眠れるはずはなかろう。

五ツを告げる鐘の音がやんだ。

犬目の助十は駒平に、

「──そうさなあ、五ツ時分にしようかい」

言っていた。その刻限は当然、おセイを通じて杢之助と清次にも伝わっている。

「なにやら照れるなあ」

「さようで」

ささやいた。縁の下である。身を地に伏せた匍匐《ほふく》の姿勢をとっている。以前を思い出したのだ。それも今宵は忍び込んだのではなく、家のあるじに頼まれ、忍び込んで来る者を待ち構えているのだ。ほろ苦い気持ちにもなるだろう。

「清次」

「へい」

二人は同時に、かすかに戸の開く音を聞き取った。音の方向から、母屋の使用人らが出入りする裏戸のようだ。縁の下からは、母屋の裏戸から裏庭を板塀の勝手口に向かう影も見えるはずだ。

見えた。板塀の勝手口へ、恐々《こわごわ》と抜き足差し足に動いている。

（このような無垢《むく》な若者に、盗みの手伝いをさせるとは。助十め、許せん！）

杢之助はあらためて腹が立ってきた。

縁の下から見つめる杢之助と清次の視界のなかに、影は板塀の勝手口に近づいた。

勝手口の板戸の外には、犬目の助十が来て待っていようか。

二

今宵のもう一つの舞台、市ケ谷御門内の大久保屋敷はどう進行しているか。動いたのは早かった。居酒屋の居間で策の練りなおしが終わると、榊原真吾は海幸屋夫婦を見送ってからすぐ御箪笥町へ向かった。もちろん行く先は、源造の塒《ねぐら》だった。

杢之助と清次の足が四ツ谷御門前にさしかかり、陽が落ちたころ、

「おう。御用の筋だ」

と、源造は真吾と一緒に市ケ谷御門の橋に最も近い茶店に入り、前面を簀で覆わせた。ちょうど店も閉めようとしていたところだ。中の灯りも消させた。外からはもう無人のように見える。一帯はまだ暗くはなっていない。簀越しに、御門から出てくる行商の者、御門に向かう中間《ちゅうげん》や武士の影が、手に取るように見える。御門内の武家屋敷に仕込みを入れた盗賊の動きは、源造が心得ている。中間が他の屋敷の中間を裏の勝手口に呼び出すのは珍しいことではないにしろ、暗くなってからでは怪しまれる。忍び込むのは、まだ明るさの残っているうちだ。

「おっ、旦那。来やしたぜ」

紺看板に梵天帯の中間が二人、御門の橋に向かった。

「あれか」

「あんな形《なり》しやがって。手前の細身で人相の悪いのが鶴川屋の彦左で、向こう側のちょいと太り気味の丸顔が番頭の次助でさあ」

「うむ。なるほど」

真吾は簀に顔を近づけ、頷《うなず》いた。といっても、二人のあとを尾《つ》けるのではない。洗いざらしの袴《はかま》に百日髷《ひゃくにちまげ》といった浪人姿では、たとえ大小を帯びていても御門内に入ることはできない。

「入って行ったな」

「そのようで」

真吾と源造は頷きを交わした。簀張りで目を凝らしたのは、彦左と次助が御門に入ったことを確認するだけだった。

「おやじ、じゃましたな」

二人は簀張りを出て、向かいの常店の蕎麦屋に場を移した。夜が更けるまでの時間稼ぎだ。鶴川屋には助十が一人、あるいは仲間数人で……源造は思っている。だが真吾は、助十なる者が鶴川屋を出て、海幸屋に忍び込むのを知っている。蕎麦屋で蕎麦をすすりながら真吾は、

(杢之助どのが、いかような舞台をつくりだすか、うまく合わせねば)

胸中に秘めている。

「旦那。騒ぎにならねえように、瞬時に鶴川屋を抑えてくだせえ。バンモクもあとから来やしょうから」

念を押すように言う源造に、

「ふむ」

真吾は頷きを返し、

（許せ、悪気ではないのだ）

胸中に念じていた。

御門内では、すべてが見通したとおりに進んでいる。手下と思っていた助十に裏切られている鶴川屋彦左と番頭の次助こそ、憐れである。

まだ明るさが残っている。彦左と次助は武家地の路地に入り、白壁の窪《くぼ》んだ箇所、勝手口だ。板戸を彦左は軽く叩いた。内側には、渡り中間の耕助が待っている。板戸が開くと路地の奴姿《やっこすがた》二人は、悠然と白壁の中に消えた。コソコソと、あるいは素早く動いたのでは、かえって不自然だ。そこは彦左も次助も慣れたもので心得ている。

中に入ってからは違う。

「さ、こちらへ」

「おう」

耕助の手引きに彦左と次助は迅速だった。母屋から死角になっている植え込みのあいだを抜け、中間部屋のあるお長屋へ腰をかがめ素早く移動する。耕助が用意した物陰に潜む。耕助は何事もなかったように中庭へ戻り、掃き掃除を始める。腰元が雨戸を閉めている音が、彦左らの潜んだ場所にも聞こえる。耕助の声も聞こえた。

「あゝ、そこの一枚。俺があとで閉めておくよ。ご用人さまの用事がちょいとありましてなあ」

「あら、そう。じゃあお願い」

腰元は最後の一枚の雨戸を半分だけ閉め、奥へ消えた。

耕助は外から雨戸を閉めた。素早い。閉めるとコトリと落ちる小桟《こざる》の溝に木屑を入れ、落ちないようにしたのだ。コトリの音は聞こえない。あとで雨戸を外さなくとも、容易に開けることができる。

さりげなく耕助はお長屋に戻り、さきほどの物陰に、

「用意はできやした」

低声をかけ、お長屋に戻る。一日の仕事は終わった。あとは同輩と枕をならべ寝るだけだ。母屋の寝静まる時刻は、耕助が小用に立つ振りをして知らせに来る。周囲はすでに暗くなっており、あと一刻《いっとき》（およそ二時間）ばかりの辛抱だ。

「ほう。あれが仕込みを入れた盗賊のやり口か、耕助め」

母屋の軒端の陰から、用人が若党二人を率《ひき》い、その一部始終を目に収めていた。刀は持たず、三人とも木刀を手にしている。賊は中間姿だから、持っている武器は脇差ほどの木刀のみである。見つけられたとき申し開きができるように、匕首《あいくち》などは、

「――持っていないはずでさあ」

源造は用人に言っていた。実際、そのとおりなのだ。

あとはお互いに持久戦だ。まだ源造と真吾が常店の蕎麦屋でゆっくりと蕎麦をすすり、海幸屋では杢之助と清次が身を潜める縁の下の場所を選定しているころだ。

武家屋敷でも、中間や腰元など奉公人が寝静まるのは宵の五ツ（およそ午後八時）ごろである。

若党二人と物陰に息を殺し、

（取り押さえには声を上げ、家中の者がすべて起きだすほどの騒ぎに……）

用人は算段している。

脇差を盗んで大久保家を強請《ゆす》ろうとした与太二人は、大番屋の取調べで、

「――大した物を盗んだわけではなく、大久保屋敷に被害はなかった」

との理由から、その日の内に〝里返し《さとがえ》〟とされたのだ。つまり、事件としては扱われなかった。溢《あぶ》れ者の扱いで江戸所払《ところばら》いとなり、出身地の上州に返されることになったのだ。紛れ込みの腰元も牛込の口入屋に戻されたとき、待ち構えていた牛込の岡っ引に身柄を拘束され、時をおなじくして里返しとなっていた。同心と奉行所の捕方三人、牛込の岡っ引が監視役として中山道《なかせんどう》の板橋宿《いたばししゅく》まで付き添い、

「――おまえたち三名、ふたたび江戸に舞い戻れば、つぎは無宿者として島送りになると心得よ」

同心は屹度《きっと》言い渡した。打首になるかもしれないと怯《おび》えていた三人は、あまりにも軽い処置に、

「――あの脇差、偽物《にせもの》だったのか」

話し、実際にそう信じ込んだかもしれない。

母屋の物陰で、新たな賊と時間へのがまん比べをしている用人は、

（いま当家に入っている盗賊ども、かえって好都合だわい）

思い、従えている若党二人に悟られないよう、顔に笑みを浮かべていた。

市ケ谷御門外の蕎麦屋では、

「旦那。そろそろ出かけやしょうかい」

「ふむ。そうだな」

源造と真吾は腰を上げた。

途中、自身番に立ち寄り、

「町役の方々、御用の筋でさあ。龕燈《がんどう》を借りやすぜ」

蠟燭《ろうそく》立てを薄い鉄板で丸く覆い、縦にしても横にしても中の蠟燭はまっすぐに立っている便利なもので、しかも対象物を太い蠟燭の灯りで直接照らすのだから、提灯より数段明るい。しかも前面だけを照らし、照らされた者は龕燈の背後が見えず、それだけで盗賊には心理的に大きな打撃となる。

二つ借りた。鶴川屋で家捜しをするための用意で、一つは杢之助用だ。まだ龕燈に火は点けず、二つとも源造が持ち、外に出た。明かり取りのため提灯も一張り借り、真吾が持った。

「町内に怪しい者でも逃げ込みましたのか」

「あしたの朝になれば分かりまさあ」

心配そうに外まで出て見送る町役に源造は返した。

おもて通りではないため人影はもう見当たらず、明かりのある家もない。

「あ、旦那。そこを右へ曲がってくだせえ。その突き当たりを左へ」

源造は縄張内《しまうち》なら脇道にも路地にも詳しい。

「ほう、なるほど。道はまだつづいているなあ」

言っているうちに八幡宮裏手に出た。

「ここでさあ。あれ？」

鶴川屋の建物に、明かりはなかった。ようすを窺ったが、人のいる気配もない。

「うーむ。その者、いずれかへ息抜きに出ているのかもしれぬ。物陰でしばし待ってはどうか」

真吾は提灯の火を吹き消した。助十はいま、海幸屋に行っている。真吾はすでに、杢之助に合わせているのだ。

「仕方ありやせんねえ」

源造は真吾に随《したが》った。


四ツ谷左門町でも、風向きによっては市ケ谷八幡の打つ時ノ鐘は聞こえる。杢之助と清次は海幸屋の縁の下で、真吾と源造は鶴川屋の玄関近くの物陰で、いま宵の五ツの鐘を大きく聞き、大久保家の屋敷内では用人と若党二人が、さらに彦左と次助の鶴川屋主従が、

「そろそろだな」

鐘の響きのあい間に低い声を入れ、中間部屋の中では渡りの耕助が、

「ちょいと厠《かわや》に」

呟《つぶや》き、そっとお長屋の外に出た。

「ブルル」

　寒気を感じる。

「来やしたぜ」

「おう。待ってたぞ」

　低く交わし、

「さ、こっちでさ」

　耕助のあとに、彦左と次助はつづいた。三人とも奴姿だ。

「あっ、影が」

「ふふ、動いたな」

　物陰で若党が掠《かす》れた声を吐いたのへ用人は低く応じ、

（よし、いいぞ）

　心中を躍らせた。

　三つの影は母屋の裏庭に面した廊下の雨戸に向かった。耕助が小桟に木屑を差し込んだ雨戸だ。三人はその前で、土の足跡を残さぬよう足袋跣《たびはだし》になった。手馴れた動作だ。耕助がゆっくりと、音を立てぬよう雨戸を引き開けた。

「さすがだな、耕助」

「へい。さあ、案内しやす」

暗い。彦左も次助も耕助の描いた絵図面を見ており、戸惑うことはなかった。三人が廊下に上がり込み、雨戸を閉めようとしたときである。

「おぉ！」

声を上げ足をもつらせたのは三人同時であった。廊下の左右から突然、龕燈の灯りに照らされたのだ。

「怪しきやつ、成敗《せいばい》！」

灯りの向こうから声が聞こえる。姿は見えない。

「いけねえっ、逃げろ！」

彦左の声だ。逃げろといわれても背後は雨戸、左右は龕燈の灯りである。

「くそーっ」

「なぜ！」

彦左と次助は雨戸に体当たりし、

――バリバリ、ガシャッ
激しい音とともに庭へ転げ落ち、廊下では、

「あっ、耕助！」

「うぐっ」

龕燈の灯りのなかに耕助が左右から襲ってきた木刀に打ちすえられ、庭でも、

「それっ」

用人の声に若党二人が木刀を振りかざし、雨戸とともに転げ出た二人を容赦なく、

「うあっ」

「んぐっ」

幾度も打ちすえた。突然のことで、せっかくの中間姿もなんら言い訳の用を成さない。母屋の腰元たちは起き出し、中間のお長屋にも灯りが点《っ》いた。騒ぎは隣家にも聞こえたであろう。若党が両脇の隣家に走り、

「お騒がせいたしまして申しわけございませぬ。盗賊が入りましたゆえ、ただいま召し取ってござりまする。ご安堵のほどを」

これもまた大きな声で挨拶を入れた。

ほどなくざわめきは終わった。

母屋の奥では、

「予定どおり、進みましてございます」

用人があるじの大久保飛騨守と奥方に報告していた。

三

宵の五ツの鐘が響き終わり、

「旦那、踏み込みましょうや」

「いや、もうしばし待て。帰って来たところを不意打ちで倒せば音もしまい。杢之助どのもまだだし」

「そういやあ、バンモクの野郎、遅《おせ》えですねえ」

鶴川屋の玄関口に近い物陰で、源造と真吾は低く交わしている。

（源造さん、いますぐ行きやすぜ）

と、杢之助はまだ海幸屋だ。清次とともに母屋の縁の下で、裏庭の勝手口へ恐る恐る進む駒平の背を凝視している。駒平は板塀の前に立ちどまり、いま来た背後を見まわした。怯えているようなその影に、

「許せん！」

「もっともで」

吐き捨てるように呟《つぶや》いた杢之助に、清次は匍匐《ほふく》の姿勢のまま相槌を入れた。もち

ろん、暗闇に裏の板戸を中から開ける駒平に対してではない。駒平にそれをさせている、いま板戸の向こうに待っている犬目の助十に対してである。

——コトッ

板戸の小桟をはずす音が聞こえた。戸をそっと内側に引いた。駒平は身をかがめ、

「助十さん」

「おう。待ってたぜ」

息だけの声をながし、

「家人《ひと》に見られてねえだろうなあ」

助十は声を抑え、板戸をくぐって庭に立った。

「みんな寝静まっておりますが、なんで助十さん、そんなこと気になさる?」

「うるせえ。もうここまで来ちまったんだ。俺の言うことを聞けぃ」

「えっ? おかしいよ、こんなことって」

「しーっ」

大きくなりかけた駒平の声に、助十は慌てて叱声《しっせい》をかぶせ、狭い裏庭の小さな植込みの陰に、駒平の肩を押さえ込んだ。ここまで来れば、いかに駒平が無垢で世間知らずといっても察しがつく。

「助十さん、あんた、まさか⁉」

「そうよ、そのまさかさ。考えてもみろい。おめえ、ここで一年奉公してどれほどの給金がもらえる」

「給金だけじゃなく、喰わしてもらって、屋根の下で寝かしてもらってもいるよ。やわらかい米のご飯に、綿《わた》の入った蒲団《ふとん》なんだぜ」

「ふふ。おめえ、もっといい思いをさせてやるぜ。四年分か五年分の稼ぎをよ、きょう一日で握らせてやろうってんだ。さあ、行くぞ。お宝の在り処《ありか》は分かってんだ。これでおめえはもう、俺から離れられやしねえ」

「うううっ、助十さんっ」

杢之助と清次の潜む、目と鼻の先である。

「清次」

「へい」

息だけの声だ。二人は以前の白雲一味のときの呼吸になっている。匍匐の姿勢から上体を起こし、片膝を立てた。駒平はむろん、母屋の裏戸へ進むことに気を取られている助十も、すぐそばの縁の下の気配に気づくことはなかった。まだ修行が、

（足りないようだな）

闇のなかに杢之助も清次も思った。

「駒平、さあ」

「だめだよ、助十さん。こんなこと」

助十が震え声の駒平の腕を取ったときだった。杢之助も清次も度肝を抜かれた。

「みなさーん、起きてーっ」

助十の手を振り払った駒平は声を上げ走りだし、助十は慌ててあとを追い、

「てめえっ」

ふところから匕首《あいくち》を取り出した。とっさに着物の上から鞘《さや》をつかみ、抜き身を構えるなど、場数を踏んでいなければできない。

「出るぞっ」

「へいっ」

縁の下から躍り出た杢之助の身が、駒平とすれ違うなり飛翔した。

助十は不意に地面から湧いたような人影に、

「あわ」

足をもつらせた瞬間だった。

「うぐっ」

みぞおちに強烈な衝撃を感じ、そのまますくい上げられるように背後へ顚倒し、

「うーううっ」

気を失った。杢之助の右足が脾腹《ひばら》に喰い込んだのだ。飛翔したまま助十をうしろへ引き倒すのと同時に杢之助の身は着地し、中腰の姿勢で振り返った。駒平が茫然《ぼうぜん》としたように立ちすくんでいる。

「どうした！」

「なにがあった！」

物音に気づいた包丁人が寝巻のまま裏の戸口から出てきた。あるじの卯市郎も一緒だ。そのうしろ、女将のおセイもいる。

「ど、ど、ど……」

泥棒と、駒平は言おうとしたが声にならない。闇のなかになにやらがすれ違い、自分の背後で起こった事態もまだ飲み込めない。

仲居や他の包丁人、下男たちも起きだし、手燭《てしょく》も用意された。その灯りに、

「あ、あの街道筋の木戸番さん？」

駒平は気づいた。助十と一緒にモミジを訪ねたとき、居酒屋の縁台で一度顔を合わせている。

「そうですじゃ。儂《わし》は四ツ谷左門町の木戸番でしてな。この盗っ人、うちの左門町でも悪戯《わるさ》を働いており、たまたま街道で見つけ、あとを尾《つ》けますと、昼間からこやつ海幸屋さんのまわりをうろつきはじめましてな。そこでこの家の旦那と女将に話し、庭で待ち構えておりましたのじゃ」

「おぉお、そんなことが」

「まあ、恐ろしい」

奉公人たちは、杢之助とまだ茫然としている駒平を囲んでいる。亭主の卯市郎と女将のおセイは、

（このあとどのように……）

即興《そっきょう》の筋書にハラハラしながら杢之助を見つめている。この事態……左門町の居酒屋の居間で話し合ったなかに想定されていなかった。〝策〟では、助十が庭に入り、裏戸に手をかけたところで襲いかかり、駒平を交え三人で取り押さえたかたちをつくり、助十を鶴川屋に帰して真吾に預け、海幸屋への押し込みはなかったことにする予定だったのだ。だが、事態は変わった。杢之助はつづけた。

「案の定、入ってきましてな。そこへ、厠《かわや》を間違ったのか、その小僧さんが出てきて。そう、小僧さんは以前、街道で儂に道を尋ねたことがありましてな、顔は知っており

ましたのじゃ。儂はハラハラしましたじゃよ。庭で小僧さんが賊に匕首を突きつけられ、大声を上げましたのじゃ。みなさん、聞こえましたろう」

聞こえた。だから飛び出てきたのだ。

「そのあたりに匕首が落ちていませんかのう」

「あ、あ、あります！　ここ！」

仲居の足元だった。拾い上げると、

「おー」

まわりの奉公人たちはまた声を上げた。杢之助は助十のみぞおちに一撃を加えたとき、匕首が落ちた音を慥《しか》と耳にしていたのだ。

「で、泥棒は？」

年寄りの下足番が言った。

「ここですよ」

清次の声だ。杢之助につづいて飛び出し、崩れ落ちた助十の身を素早く板戸のほうへ引きずっていたのだ。

「うううっ」

助十は息を吹き返したものの、腕を背に地面へねじ伏せられている。影のかたちか

らようすは分かるが、離れた手燭の灯りでは顔までは見えない。そのままの体勢で、

「あっしは街道筋で居酒屋をやっている者ですがね、うちの木戸番さんだけじゃ心もとない。それで付き合ったんでさあ。店は卯市郎旦那にお願いして、こちらの板前さんに来ていただきやしてねえ。心置きなく動けましたよ」

「おぉ」

奉公人からまた声が上がる。夕刻前、

「――旦那さまに言われて、ちょいと四ツ谷へ助っ人に」

包丁人が一人、出かけたのは海幸屋の者はみな知っている。言うことと状況が、一つ一つ合っている。この二人が店の正面玄関に来たのも、ちょうど暖簾を下げるときで、仲居が女将から〝草鞋《わらじ》も部屋へ〟と、奇妙なことを命じられている。

「なるほど、それだったのですね」

得心したように言ったのは、草鞋を部屋に持っていった仲居だった。

「くく、く、くそーっ」

清次にねじ伏せられたまま、助十はまた唸った。一同がふたたびそのほうを凝視し、ゆるゆる近づこうとする。

「待って」

おセイだった。おセイはまだ即興の舞台の先が読めない。

「木戸番さん。お願いします。岡っ引の源造さんにはきょうのこと、抜いてくださるように……」

仲居が持つ手燭の灯り一つの裏庭に、海幸屋の亭主に女将、奉公人のすべてが顔をそろえている。

「うん、うん」

「それができれば」

一同は、女将の言葉を解し、後押しするように頷きを入れた。

浴衣一着、下帯一本の盗難でも、自身番の控帳《ひかえちょう》に書き込まれたなら、犯人が捕まったとき奉行所での吟味のとき、裏を取るため下帯一本の被害者に家長、町役、長屋住まいのものなら月番に大家まで打ちそろってお白洲《しらす》に出なければならないのだ。それは一日仕事となる。さらにお白洲は一回とは限らない。二回、三回と、日銭を稼ぐ商人も職人も、その日は収入が途絶える。

「――抜いてくれ」

土地の岡っ引に頼む。奉行所の御留書《おとどめがき》から、被害の記載を抹消してもらうのだ。もちろん、岡っ引を通じて同心に手を入れてもらうことになるが、少々袖《そで》の下を包んでも見合うものはある。きょうのこの一件、海幸屋に被害はない。だが賊を自身番に突き出したなら、いま暗い庭に顔をそろえている全員が市ケ谷八幡町の町役ともども お白洲の莚《むしろ》に何回か座らねばならないだろう。その日、海幸屋は玄関に〝誠に勝手乍《ながら》、本日は休業に……〟と、張り紙をしなくてはならない。

「木戸番さん、できますかね」

かなりの年行《とし》きを重ねている包丁人が言った。奉公人を代表する雰囲気がある。おそらく品川の浜屋から来た熟練の板前だろう。

「できまさあ。このこと、自身番の控帳にもまだ入《へえ》っておりやせんから」

「左門町の木戸番さん。恩に着ます」

手燭の蠟燭《ろうそく》のなかに、女将のおセイは手を合わせた。周囲の者もそれに倣《なら》い、杢之助の言葉を待った。

「こちらに寄越しなせえ」

杢之助は、まだ匕首を手にしていた仲居からそれを受け取り、

「こんなのを振りまわそうとしたやつです。ここで放免したんじゃ、儂が源造さんに叱られまさあ。ともかく任せておくんなせえ。こちらのみなさんも、このことはなかったことに」

事態は当初の予定に乗りはじめた。

「ううううっ」

声は、ねじ伏せられている助十にも聞こえている。そこにながれた安堵の雰囲気も感じ取ったことだろう。そのなかに駒平が震えているのを杢之助は看《み》た。

「いいかい、そこの盗っ人さんよう」

声を板塀のほうへ向けた。それは、清次への合図でもあった。清次は受け取った。

「分かったかい」

ねじり上げている腕をさらにねじった。助十がいかに喧嘩馴れしていても、清次にねじ伏せられては逃れられない。

「痛《いて》っ、ううっ、」

みぞおちに蹴りを入れられたのも、この男だと助十は思っていることだろう。海幸屋の奉公人らも、いまの状況からそう看ているはずだ。これも杢之助と清次の、とっさに息を合わせた策である。だがそれは、確定的ではない。清次はその状況のなかに、

「聞いたかい。そういうことにしてやろうじゃないか」

「ううっ」

呻きで頷いた助十に、清次は口を近づけささやいた。周囲には聞こえない。

「助十、おめえの素性は分かってんだ。大久保屋敷のこともなあ」

「えぇっ」

助十は驚いたように、地面にすりつけている顔を上げようとした。ふたたびねじっている腕に力を入れた。

「ううっ」

「さあ」

清次は声をもとに戻した。手燭の灯りは人の影になり、奉公人らから助十の顔は見えない。

「おめえのためにもなるんだぜ。きょうのことはなかったことになあ」

「ううっ。そう、そうしてくれい」

状況を察し、観念した掠れた声だった。それは周囲にも聞き取れた。

「おぉ」

奉公人たちから、あらためて安堵の息が洩れた。

「立ていっ」

「うううっ」

清次は腕をねじったまま助十を立たせ、

「出ろ」

板戸を出た。

「ふーっ」

裏庭に一段落ついた溜息が洩れる。

「木戸番さん。このあとどちらへ」

女将のおセイが、まだ心配そうに杢之助に訊いた。

「やつにはまだ大久保屋敷の一件が残っていまさあ。ご安心くだせえ。あとの処置はお知りにならないほうが、かえって……」

「は、はい」

「あゝ。これに火をくだせえ」

ふところから提灯を取り出した。

「は、はい。これを」

手燭を持っていた仲居が杢之助の提灯に火を入れた。〝四ツ谷　左門町〟と墨書された文字が蠟燭の灯りに浮かび上がる。

「おぉぉ」

また、声が洩れる。信頼感が増した。

「今宵のこと、なにもなかったと、この提灯も含め、忘れてくだせえ」

李之助は木戸番小屋のぶら提灯をできるだけ顔から遠ざけて持ち、草鞋のきびすを返した。

「おっ、駒平。震えてやがるな」

「おめえ、大手柄だったんだぜ」

「そうよ、駒平さん。見直した」

奉公人らの声を背に、

（いい幕を降ろせた）

李之助は思いを胸に、板戸を出た。路地に灯りは、李之助の提灯のみである。

「あ、女将さん……」

李之助は振り返り、板戸から顔をのぞかせたおセイに、何事かを低声で依頼した。おセイはその内容に怪訝な表情になったが、李之助の頼みである。

「それがなにかのお役に立つことでしたら」

引き受けた。

提灯の灯りは、海幸屋の裏手を離れた。闇に沈むその背に、おセイはふかぶかと頭を下げた。

四

（まだ、終わってはおらぬ）

　李之助は念じた。

「ううっ」

　角を曲がったところで、清次は助十の腕をねじ上げ、待っていた。

「うむ」

　提灯を手に、李之助は頷いた。

「や、やっぱり、おめえ、ううう。左門町の！」

「いまごろ気がついたかい」

「い、い、い、いってえ、どういうことなんでえ」

「ふふ。どういうことだって？　こうなってるんだ、犬目の助十よ」

「お、お、俺の名も、なんで！」

「ともかくだ、助十」

　李之助は、かつて白雲一味の副将格だったころの貫禄を見せている。

「源造さんは、彦左に次助、耕助らの証拠固めに、今宵鶴川屋を家捜しなさる。大久保屋敷の絵図面が出てくりゃあ、もうあいつらはおしめえよ。おめえも大番屋に引かれようが、海幸屋への忍び込み、まったく邪魔だぜ。助かりたかったら、さっきも言ったろう。儂らも知らねえことにしてやろうじゃねえか」

「へ、へ、へい」

念を押す杢之助に、助十は腕をねじ上げられたまま、すっかり貫禄負けしている。

杢之助は清次に顎をしゃくった。

「へい」

「うぐっ」

清次はもう一度、思い切り腕をねじ上げ、鶴川屋のほうへ突き離した。たたらを踏み、助十は闇のなかへ数歩踏み出し、

「ううっ」

まだみぞおちが痛むのか、体をくの字に曲げ、ねじ上げられていた腕を片方の手で押さえ、振り返った。

「早く行きねえ、鶴川屋はそこだぜ」

「へ、へい」

杢之助が言ったのへ、助十は苦しそうな声で返し、闇のなかをフラフラと鶴川屋のほうへ向かった。まだみぞおちや腕が痛むだけでなく、このまま鶴川屋へ戻っていいものかどうか、迷っているような足取りだ。

また振り返った。ぶら提灯の灯りに二つの影が浮かんでいる。

「行け」

また杢之助の声だ。

「へ、へい」

声は尾《つ》いてきている。逃げられない。鶴川屋に戻る以外にない。助十はみぞおちと腕を押さえ、ふらつく歩を進めた。角を曲がれば、もう鶴川屋だ。

「ならば清次よ。おめえはここで帰《けえ》んな。途中で四ツ（およそ午後十時）の鐘が鳴っても、この提灯がありゃあ怪しまれることはねえ」

「へえ。じゃあ、気をつけなすって」

清次は左門町木戸番小屋の提灯を受け取り、その場を離れた。提灯なしで裏通りを走ったほうが速い。だが、かえって怪しまれる。清次なら街道に提灯を持っても、急げば夜四ツの鐘までには左門町に着くだろう。

闇のなかに、杢之助は角を曲がった。前方に影がフラフラ動いているのが感じられる。鶴川屋の前だ。

「ん？」

李之助は異様な気配を感じた。

「旦那、帰《けえ》ってきやしたぜ」

「うむ。ふらついてるな」

「へん。どっかで一杯《いっぺえ》やってやがったのか、いい気なもんですぜ。待たせやがって」

玄関近くの物陰に真吾と源造が交わしている声は、李之助からは聞こえない。

「行くぞ」

「へい」

「おっ⁉」

目を凝らした李之助の視界に影が飛翔した。

（榊原さま！）

すぐに分かった。

「うぐっ」

闇から不意に飛び出した影に気づいた刹那《せつな》、助十は痛むみぞおちに激烈な衝撃の走ったのを感じた。真吾が跳び出すなり峰打ちをかけたのだ。

「おっとぅ」

悶絶し、崩れかけた助十の身を、つづいて跳び出した源造が支え、

「用心の悪い家だぜ」

すき間の開いていた雨戸を押し開け、それらの影は素早く玄関の中に消えた。龕燈のガチャガチャと触れ合う音が聞こえる。中から雨戸は閉められ、屋内に灯りの点《つ》いたのが、かすかなすき間から感じられた。

（そういうふうにしなすったのかい）

杢之助は解し、一呼吸、間を置いてから、

「木戸番でござんす」

ホトホトと雨戸を叩き、低声をすき間に入れた。すぐ反応はあった。

「おう、バンモク。遅かったじゃねえか。入んねえ、小桟《こざる》ははめていねえ」

「へえ」

杢之助は雨戸を開け、入った。

帳場の奥の部屋に、助十は気を失ったまま手足を縛られ、転がされている。杢之助と真吾はかすかに頷き合った。これまでの経緯《いきさつ》を互いに解し合ったのだ。

「なにやってた。遅かったが、ま、かえってちょうどよかった。助十め、見てのとお

りだ。これから家捜しするぞ」

「へえ」

二つの龕燈に、火が入れられた。明るい。素人が闇雲《やみくも》に找《さが》すのではない。杢之助にはむかし取った杵柄《きねづか》だ。だが、それをおもてにすることはできない。すべて源造の差配に任せ、真吾も手伝った。さすが源造も当を得ていた。岡っ引とは、市井《しせい》の堅気《かたぎ》の者が望んでなれるものではない。なにがしかのご法度に触れて牢に入れられた者のなかから、同心が、

(――こやつ、ものになりそうだ)

目をつけた者を、放免のときに〝此《こ》の者、当方の存じ寄りにつき……〟と認《したた》めた手札《てふだ》を与え、自分の手足として使う。それが岡っ引である。裏の道を探るには、裏の道に精通した者を使うのが最も効果的といったところか。腕のいい岡っ引なら、町の与太を子分に従え、けっこう羽振りを利かせたりもする。それが助十のなりたがっていた〝下っ引〟である。

「こやつ、てめえの仲間を売って俺の下っ引になどと、とんでもねえ野郎だ」

手足を縛られ、気を失って転がされている助十の背を、源造は踏みつけるように蹴った。助十の評判が悪いことは、やはり源造の耳にも入っているようだ。

納戸《なんど》や物置《ものおき》はむろん、

「旦那まで、申しわけありやせん。物は古い紙切れか巻物か、刀か壺に皿と、なんだか分かりやせん。ともかくこの家にあってふさわしくねえ物は、なんでも引っぱり出してくだせえ」

と、畳の下から床下、掘ったあとはないか、天井裏、ほこりのたまり具合まで、それも三人が一組となって帳場、廊下、居間、座敷、台所と、順に龕燈の灯りを照らしていった。その找しようは、

（なるほど、源造さんも盗賊の真似事《まねごと》をしてなすったのか）

杢之助が思うほど要領を得たものだった。

「ううう」

縛られた助十が気を取り戻した。真吾が背に手をあてて上体を起こし、

「もう少し、おとなしくしていてもらおう」

「うっ」

ふたたびみぞおちに当身《あてみ》を打ち、気絶させた。

「また起きては面倒でやすねえ」

源造が手拭でさるぐつわをした。見ていて、杢之助はいささか可哀相に思えてきた。

助十のみぞおちは、何度もの打撃で蒼く腫れあがっていることだろう。

出てきた物を居間にならべたとき、東の空は白みはじめていた。納戸から金子百五十両ほど、畳の裏から家光将軍の手になる領地安堵の朱印状、天井裏から鞘《さや》と柄《つか》に葵《あおい》の御紋が入った大刀一振りと、なにやらいわくありげな袱紗《ふくさ》に包まれた湯呑みが一口……。渡り中間の描いた大久保屋敷の絵図面は納戸から出てきた。昨夕、彦左と次助はその絵図を頭に叩き込んで出かけたのだろう。いまごろ三人とも、助十とおなじように手足を縛られ、屋敷内のいずれかに転がされていることだろう。

そのほかがらくたもかなりあったが、真吾が一緒だから見落としはない。外に明るさを感じはじめたころ、金子とがらくた類はもとの場所に戻し、家捜しを入れた痕跡を消した。

「ならば源造さん。われらはこれにて。さあ、参ろうか杢之助どの」

「へえ」

「旦那、ほんとに恐れ入りやす。このあとまでご用立てし、申しわけありやせん」

日の出はまだだが、明るみはいくらか増している。鶴川屋の玄関で、源造は榊原真吾へ神妙に礼を述べた。

「バンモク。おめえのことだ、手立ては講じていよう。任したぜ」

「あ、いいともよ」

李之助と交わし、源造は玄関口の雨戸を内から閉めた。

玄関前から李之助と真吾が角を曲がって消えるのと入れ替わるように、市谷八幡町の自身番から町役が二人駈けつけた。さきほど源造が自身番にちょいと走り、縄目をかけた助十を引き取りに来るよう依頼したのだ。

「――罪状？　そんなの、おっつけ同心の旦那が来なさろうから、そのとき分かりまさあ」

源造は市ケ谷八幡町の町役たちに言っていた。

鶴川屋を離れた二人の足は、

「源造さんも言ってたが、やはり李之助どのは何をするにしても周到ですなあ」

真吾は言い、海幸屋に向かっていた。大小を帯びた真吾はもう一振り大刀を持ち、李之助はふところに家光将軍の朱印状と袱紗に包まれた湯呑みを入れている。早朝とはいえ、大小を帯びた浪人がさらに刀を一振り手に外濠沿いの武家地を歩めば、辻番に見咎《みとが》められよう。そこに李之助のふところに家光将軍の朱印状まで入っていたのでは、それこそ騒動になろう。

昨夜、闇のなかに海幸屋の裏を離れるとき、女将のおセイに杢之助は、

「――夜明けに小さな荷があるかもしれやせん。それを四ツ谷御箪笥町の源造さんの家に運んでいただきたい。中味は訊かねえでくだせえ」

依頼していたのだ。それが刀一振りと家光の朱印状、袱紗包みの湯呑みとなったのだ。海幸屋では毎朝夜明け前、鮮魚の買い出しに大八車が江戸湾芝浜に走る。四ツ谷御門前はその通り道である。

玄関でおセイは待っていた。駒平が鉢巻を締め、大八車の轅《ながえ》に入っている。おセイは榊原真吾が一緒なのに、

「あらっ。榊原さまも」

声を上げ、なにやら大きな動きがあったことを感じ取ったが、品物同様、事情は訊かなかった。大八車の籠《かご》に、それら由緒ある三点が無造作に入れられ、

「あらよっ」

大八車は外濠沿いの往還に向け走った。湯呑みはおそらく、戦国の世に幾人かの大名家を経てきた茶器の一つであろう。旗奉行の大久保飛驒守が見れば、刀や朱印状ともども、すぐ持ち主は判明するだろう。籠に莚《むしろ》をかぶせた大八車は、みるみる視界から遠ざかった。駒平を指図するように一緒に走ったのは、昨夜清次の居酒屋へ助っ

人に入った包丁人だった。

「帰りにね、ちょうど街道で清次さんと会いやしたよ」

言っていた。居酒屋は昨夜、海幸屋で一騒動のあったころに暖簾を降ろしたのだろう。すると街道のいずれかで清次と包丁人は出会うはずだ。清次は鄭重に礼を述べたことであろう。

「ほんと昨夜駒平は大手柄で、性格もいいし、海幸《うち》でじっくり仕込みますよ」

おセイの言った言葉が、杢之助には嬉しかった。

日の出を迎えたのは、外濠沿いの往還を四ツ谷御門に近づいたころであった。

(松つぁんと竹さん、ちゃんと木戸を開けてくれていようか)

心配になったが、清次が昨夜のうちに左門町に帰っている。寝過ごしなどさせていないはずだ。

朝靄《あさもや》の往還に魚屋や納豆売りと出会う。幾人かの中間が門前を竹箒で掃《は》いている。きょうという一日はもう始まっているのだ。

「千八百石の旗奉行が、あの三点を種に強請などしまい。持ち主の屋敷に感謝され、それの支援などで加増のきっかけをつかむかもしれんなあ。それにしても、いずれもなにやら由緒ありげなものばかりだった。それを盗み出されるほうも、武家として実に情けないが」

「さようで」

真吾の言葉に杢之助は短く返した。真吾の関心が向かうところと、杢之助の胸中にながれるものは異なる。

（八幡町の自身番に引かれた助十め。そのあと茅場町《かやばちょう》の大番屋でも、海幸屋へ押し込もうとした一件、隠しとおせるか）

そこである。けさがた息を吹き返した助十に源造が、

「――手荒に扱っているが、おめえも鶴川屋の人間だ。見逃すわけにはいかねえ。おめえのことは同心の旦那にもよく言っておくから、引かれてもせいぜい茅場町の大番屋までだ。それまで辛抱しろい」

言ったとき、さるぐつわのままウンウンと頷いていた。阿呆《あほう》でない限り、自分から自分の不利になるようなことは、

（言うまい）

一応、安心はしている。だが、大番屋ではどんな誘導尋問があるか分からない。大久保屋敷への押し込みに関係していないことを強調するあまり、海幸屋の名をポロリと出さないとも限らない。出せば同心は執拗にそこを突くだろう。

五

「あははは。また取り越し苦労を」

清次は笑った。朝日を背に旅姿の往来人や見送り人らに混じって街道を左門町に帰り、真吾はそのまま向かいの麦ヤ横丁に入って行ったが、杢之助はヨイショと軒端の縁台に腰を落とした。待っていたように清次が暖簾から出てきた。さいわい他に客はおらず、杢之助は昨夜の首尾とともに、まだ残る懸念を話したのだ。笑ったあと、やはり清次も言った。

「あやつも一端《いっぱし》の悪党なら、てめえでてめえの首を絞めるようなこと、言いっこありませんや」

旅に出た者を四ツ谷大木戸まで見送った帰りか、お店者が三人、縁台に腰を下ろした。入れ替わるように杢之助は立ち、木戸番小屋に戻った。荒物をならべると、そのままするすり切れ畳にゴロリと横になった。

目が醒めると、草鞋二足の代金がすり切れ畳の上に置いてあった。町内の誰かが買いにきたのだろう。下駄をつっかけ腰高障子を開けると、

「おっ、もう午《ひる》か」

太陽は中天にかかっていた。

市ケ谷の噂が左門町までながれてきたのは、手習い処から太一が戻ってきてすぐのことだった。この日、太一は珍しく木戸番小屋で、

「きょうさ、お師匠ったら、習字の筆を持ったまま寝てしまうんだよ。みんなで起してさ、おもしろかった」

真吾も徹夜で疲れていたのだろう。杢之助は午まで、ぐっすり寝ていたのだ。

それに太一は、

「きのうさ、市ケ谷の包丁の兄さん。おいらのこと、褒めてくれたよ。魚のうろこ取り、上手だって。こんど機会があったら、切り身の包丁の入れ方、教えてくれるって。おいら、あの兄さんに弟子入りしようかなあ」

ひとしきり話してから、

「じゃあ、おっ母アを手伝ってくらあ」

敷居を外に飛び越えた。おミネが聞けば、ドキリとするような言葉だ。もう、聞いているかもしれない。杢之助も聞きながらハッとしたのだ。おミネが真剣な表情で、杢之助や清次に相談を持ちかける日も、

（近いかな）

感じたものである。

市ケ谷の噂だが、板場に入った太一が清次に言われ、すぐ呼びに来た。

「縁台にお茶を淹れたからって」

みょうな誘い方だ。理由はすぐに分かった。縁台に市ケ谷のほうから来たという馬子が腰掛けていた。よく見かける顔で、ここの縁台の常連だ。志乃が話し相手になっていた。街道では馬子や大八車に町駕籠の人足たちが、噂の運び人になっている。

「あ、杢さん。きょう、市ケ谷で大変なことがあったって」

顔を出した杢之助に志乃は言い、暖簾の中に入った。

「ほう、ほう。どんなことだね」

杢之助が聞き役になった。馬子は話したくてしょうがない風情だ。一部始終を見ていたわけではなさそうだが、話は詳しく聞いているようだ。おそらく簀張りの茶汲み女たちから聞いたのだろう。

早朝の市ケ谷御門に罪人が三名引き出され、奉行所の役人に引き渡された。

「ほう。お武家から奉行所のお役人になぁ」

杢之助はその三人の名も、旗本の屋敷名も分かっている。夜明けとともに大久保家の用人が〝盗賊を捕まえたから引取りに来られよ〟と、奉行所に知らせたのだろう。

源造と大久保家の用人が立てた筋書どおりである。

「馬鹿なやつらだねえ。お武家の屋敷へ泥棒に入ってとっ捕まったらしい。その場で打首にされなかっただけでも見っけもんだわさ。盗賊どもは市ケ谷八幡町の自身番に引かれていったとよ」

そこで同心は源造と一緒に取り調べ、鶴川屋に手を入れ、絵図面や百五十両を見つけ出したことだろう。そうしたとき、役人の案内に立つのは土地の岡っ引である。

(源造さん。きっとなにくわぬ顔で眉毛をヒクヒクさせながら……)

杢之助はそれを想像し、可笑《おか》しさを堪《こら》えると同時に、源造のしたたかさに恐ろしいものを感じた。

「午ごろだったわさ。自身番から泥棒が六人も数珠《じゅず》つなぎに引かれてよ、捕方たちに囲まれ。それを俺はこの目で見たのよ。知らねえ面《つら》ばかりだったが、なんでも地元の人間で、いかがわしい口入屋のやつらだって、茶店の女衆が言ってたぜ」

引かれ者の人数が多い。あるじの彦左、番頭の次助、渡り中間の耕助、それに助十……あとの二人は、人宿にいた者たちだろう。

「ま、悪いことはできねえわさ。俺たちのように、まめに働いているのが一番てことさ。姐さん、お代を」

「おもしろい話を聞かせてくれて、きょうはお代、いらないよ」

暖簾の中から、清次の声だった。聞いていたようだ。

「ほっ、そりゃありがてえ」

馬子は馬の轡《くつわ》を取り、

「木戸番さんも、まじめに生きてきなすったんだろうなあ。また、寄らせてもらわあ」

四ツ谷大木戸のほうへ、街道のながれに入っていった。

清次が暖簾から出てきた。

一緒にその背を見送った。杢之助はポツリと言った。

「人相はよくないが、芯から善人なんだねえ」

「そのようで」

清次は小さく応えた。

「ふーっ」

杢之助は大きく息を吐き、崩れるように縁台に腰を落とした。身に沁みたのは、馬子の言葉ばかりでない。

「馬子から聞いてよかったぜ」

「そのようで」

杢之助がポツリと言ったのへ、清次は短く応えた。話したのが松次郎や竹五郎だったなら……。

（すまねえ）

杢之助は胸を痛めただろう。やはり初めて聞くように、相槌を入れなくてはならないのだ。この日、二人は市ケ谷ではなく、左門町の裏手から行ける鮫ガ橋《さめがはし》の町屋をながしていた。どおりでけさ市ケ谷から帰るとき、街道で会わなかったはずだ。

あとのながれは、源造から聞く以外にない。きょうは来ないだろう。

次の日も来なかった。

その次の日も……奉行所で動きがあり、そこに忙殺されているのか。気になる。

三日目に来たのは、なんと海幸屋の女将おセイだった。月はすでに神無月《かんなづき》（十月）に入っている。顔を見たとたん、杢之助はドキリとした。お供の女中も連れず、一人で来ている。

（駒平の身になにか！）

違っていた。

「さきほどモミジを訪ねましてね」

いつの間に行ったのか、三和土に入るなりおセイは言った。

「えっ、モミジさん？　お元気でしたか。あのあと、ここには来ておいでじゃないので、気になっておりやしたが」

実際、気になっていた。清次の居酒屋の居間で助十に脅されたことを打ち明けて以来、モミジは一膳飯屋の裏の妾宅から一歩も出ていなかった。

「一度、こちらから訪ねてみようと思っておりましたのじゃ」

荒物を隅に押しやりながら杢之助が言ったのへ、

「ほんとうにご迷惑をおかけしてしまいました。近日中に主人《うち》の卯市郎に、ここと清次さん、それに手習い処の榊原さまを伺わせますので」

謝礼の件であろう。言いながらおセイはすり切れ畳に腰を下ろし、杢之助のほうへ身をよじった。

「ははは。儂も清次旦那も榊原さまも、この町の平穏を願ってのことですよ。余計な斟酌《しんしゃく》はご無用に願いまさあ」

「ほんとうにご迷惑をおかけしてしまいました」

柔和な表情をつくった杢之助に、おセイはまた言う。こんどの〝ご迷惑〟はモミジの件のようだ。

「主人とも相談いたしまして、モミジには遠くへ引越してもらうことにしました。あの女《もの》には三味線の技もあり、その点あたしも安心でございます。もちろん、当面の生活《たつき》には困らぬよう、あたしのほうで十分なことはさせてもらいます」

（なるほど）

杢之助は納得した。モミジを引越しさせてから、あらためて卯市郎を左門町へ寄越す……。

（おセイさんも人の子）

あらためたおセイに親近感を覚えた。この三日間、おセイと卯市郎のあいだでどのようなやりとりがあったのか、およその想像はつく。だが詮索はひかえ、

「で、いつ、どちらへ」

「あすでございます。遠いといっても、さほどではございませぬが、江戸の外へ」

あすとは急だが、引越し先は言わなかった。それこそ左門町に無用な斟酌はさせまいとの思いであろう。

（この女将なら、言ったとおりのことはし、モミジにも悪くない話に……）

思われる。モミジの告白があったからこそ、あの夜の〝策〟が組めたのだ。おセイ

もそこは心得ていよう。さらに言った。

「いま市ケ谷八幡にはいろいろと噂が飛び交っており、ご城内の大久保さまのお屋敷で鶴川屋の者が取り押さえられたと、もっぱらの評判でございます。ですから駒平のことが心配になり、主人に聞きましたところ……」

聞きましたより、問いつめたのだろう。

「助十なる者が主人に駒平を引き合わせたのは、鶴川屋を通しておらず、まったくの私事《わたくしごと》としてであり……」

「ふむ」

そこにいくらかの安堵は覚えるが、

「それで、あのー、大番屋のほうは、いまいかように……」

おセイも、杢之助と共通の懸念をしているところである。

「なあに、ご懸念には及びませんよ。源造さんがそのうち知らせてくれましょう。そのときは早速にお知らせいたしますよ」

「くれぐれもよろしゅう」

また頭を下げられ、杢之助はこのまま一緒に御箪笥町へ行きたい思いになった。

おセイは清次の居酒屋にも手習い処にも寄らず、街道で町駕籠を拾い早々に左門町を離れた。杢之助も見送らなかった。助十の件が明らかになるまで、モミジがたまたま四ツ谷左門町に住んでいたという以外に、海幸屋が左門町の住人と関わりがあるような動きは、極力ひかえねばならないのだ。

六

その源造が、

「おう、バンモク」

木戸番小屋の腰高障子に音を立てたのは翌日、モミジが引越しの挨拶に来たすこしあとだった。

「――お、そうかい」

杢之助はモミジに言っただけで、多くは訊かなかった。ただモミジは引越し先を、

「――小田原宿《おだわらしゅく》です」

言っていた。東海道で江戸から二日の旅程である。おセイの実家は品川宿の老舗の浜屋だ。小田原に存じ寄りがあっても不思議はない。

「――こんどは看板だけでなく、実際に三味線を……」

言っていた。江戸から来た師匠ということで、習い子はすぐにつくだろう。下駄をつっかけ、三和土からモミジの背を見送りながら、

（——そう。そのほうが、あんたのためにもなりまさあ）

杢之助は心中に呟いたものだった。

すり切れ畳に戻り、

（なにやら一つ、いい方向にかたづいたような）

思いになっているところへ、障子戸に源造の影が射したのだ。午にはまだすこし間がある時分だった。

源造の声にいつもの威勢はなく、眉毛も動いていない。

（いったい！）

不吉な予感を覚え、

「座んねえ」

杢之助は荒物を押しのけた。

「座んねえじゃねえぜ。おめえ、その後一度も来ねえで、なにをのんびりしてやがった」

言いながら腰を下ろした源造は、いかにも疲れているようすだった。

「そりゃあ、市ケ谷も御門内のお武家も、儂には直接の関わりはねえからなあ」

「まあ、そうだが」

源造は片足をもう片方の膝に上げ、上体を杢之助のほうへねじった。

「犬目の助十よ、野郎。死なせちまったい。……殺されたのよ」

「えっ、どういうことだい」

杢之助は上体を前にかたむけ、そのまま膝を源造にすり寄せた。

「茅場町の仮牢さ。きょうの朝よ、牢番が見まわったとき、息がなかったのよ」

「彦左や次助に耕助らと、相部屋だったのよ。俺は黙ってたが、どうやら吟味のなかで、助十が垂れ込んだのを、やつら勘づきやがったらしい。助十をよ、人宿の寄子《よりこ》としてなにも知らずに留守番していただけということで、きょう放免し、彦左らは小伝馬町の牢送りにすることになってたのよ。その日の朝だぜ。口を苦しそうに開け、目ん玉をひん剝いて死んでたらしい。分かるかい」

「うん」

杢之助は頷いた。牢内での殺しはときたまある。簀巻《すまき》にして一晩壁へ逆さに立てかけておく。血が頭に上って、いや、下って溜り、声も出せず悶死する。あるいは数人で手足を押さえ、顔に濡れた紙を載せる。引っかくこともできず、窒息死する。

——病死

牢内ではそう処理される。

「やつら、小伝馬町送りでどうせ死罪にならあ。その前《めえ》に……ということだったのだろうよ。俺も迂闊《うかつ》だった。だがよ、大番屋で牢を別々になんて、俺の口から言えるかい。そんなことしたら、こっちが疑われらあ」

大久保家の用人が源造と示し合わせ、事前に鶴川屋に家捜しを入れたことを、奉行所の同心らは知らないのだ。盗賊を捕まえたと奉行所に通報があったのは大久保屋敷からであり、そこに源造が早朝から動員されたかたちを、あの日はつくったのだ。そこに李之助も真吾、清次とともに黒子のごとく、加担したのである。

「まあ、やつを下っ引になどはしねえが、ちょいと喝《かつ》を入れ、市ケ谷には二度と入らねえようにするつもりだった。死なせるつもりはなかった」

源造はしんみりと言った。助十はきょう放免されることになっていた。ならば、

（やはり助十は、海幸屋への仕込みは彦左らにも内緒の一人仕事で、自身番でも大番屋でも一切しゃべっていない）

瞬時、李之助の脳裡を走った。安堵を覚えるよりもやはり源造の言うとおり、

（死なせることはなかった）

源造が肩を落とし、眉毛も動かしていない理由《わけ》を、

「分かるぜ、源造さん。で、お武家のほうは？」

「それよ」

源造の眉毛が動いた。

「大久保屋敷のご用人さんが何度も大番屋を訪ねなさってよ、鶴川屋の口入れで渡りの中間を入れていた屋敷がほかにも数軒あって、いずれも人知れずそやつらを放逐しなすって、それぞれに一件落着よ。手討ちになどすりゃあ、かえってどんな噂がながれるか知れたもんじゃねえ。ほれ、耕助と一緒に大久保屋敷に入っていた、万作とかぬかすぼーっとした渡り者よ。やつも人知れず放逐さ」

「儂と榊原さまが運んだ、あの品は？」

「おぉ、あれは世話になった。あの日、朝のうちに大久保家のご用人さんが取りに来なすって大喜びされてなあ。女房に聞いたが、魚河岸へ行く大八の運び人足に持たせたって？　まあ、そこはおめえのことだ。途中の武家地で怪しまれもせず、俺も安心したぜ。それにしても魚の生臭《なまくせ》え籠に入れてたって？　将軍さまのご朱印状や葵のご紋入りの刀をよ。あははは」

「それだけかい」

「それだけって、おめえ、あとはお武家のことだ。俺たちの与《あずか》り知らねえことよ。だが想像はつかあ。大久保家の脇差みてえに、〝家宝〟が秘かに戻ったお屋敷じゃ、切腹を免れたって雀躍《じゃくやく》していなさるだろうよ。大久保飛驒守さまも、鼻高々じゃねえのかい。そうそう、それでよ。きょうの夕刻だ。大久保家のご用人さんが、榊原の旦那に一言お礼を述べたいと、それを伝えに来たのよ。このすり切れ畳の木戸番小屋じゃ格好がつくめえ。だからご用人さんは手習い処のほうへ案内すらあ。おめえから榊原の旦那に伝えておいてくんねえ。もちろん、おめえも一緒だ。うふふ」

　源造は太い眉毛を、きょう初めてヒクヒクさせて腰を上げ、

「いいかい、今宵だぜ」

　思った以上の〝役中頼み〟が出たのか、大久保屋敷の話になってからは来たときと打って変わり、上機嫌で饒舌《じょうぜつ》になっていた。

「あぁ、まただぜ」

　杢之助は三和土に下り、下駄をつっかけた。源造は帰るとき、冬場でも風の強い日でも腰高障子を開け放したままなのだ。それにしても、源造の話のなかに清次が出てこなかったのには、ホッと安堵のため息をついたものだった。

　戸を閉めようとすると、

んだ。


「あっ、やっぱり来たか」

けたたましい下駄の響きだ。

「杢さん、杢さん！」

「おぉう、どうしたい。さっきの源造さん、ただの見まわりだぜ」

先手を打つように、敷居に立ったまま応えた。もちろん下駄の音は一膳飯屋のかみさんだ。

「そんなんじゃないよ。モミジさんさあ、きょう突然だよ。知ってる？」

モミジの引越しを知らせに来たようだ。一膳飯屋のかみさんは足元に土ぼこりを巻き上げながら立ちどまった。

「なんなんでしょうねえ。きょういきなり挨拶に来て。なんでも東海道筋の遠いところに越すとか。あの旦那、どうなったんだろう。なにか聞いていないかねえ」

「引越しならモミジさん、ここにも挨拶に来なすって知ってるが。そうかい、東海道筋ねえ。旦那？　そりゃあこっちが訊きたいよ。女同士で、モミジさんなにか言ってなかったかい」

「それがないからここへ来たんじゃないか。源造さん、なにも言ってなかった？　どっかで死ぬの生きるのって騒ぎがあったとか」

「モミジさん、そんな顔してたのかい」

「それがないから不思議じゃないか。なあんだ、源造さん、その話じゃなかったの。なにか聞いたら、知らせておくれよね」

期待した揉め事がなかったことに、かみさんは肩を落として通りの中ほどの店に、下駄の音も弱く帰って行った。午前《ひるまえ》だったのもさいわいだった。飲食の店は昼めしの仕込みに忙しい時間帯なのだ。

太陽が西の空にかたむき、そろそろ麦ヤ横丁へ赴《おもむ》こうかと思ったころだった。真吾にはすでに手習いから戻った太一を遣いに出し、大久保家の用人が来ることを知らせている。

「おう、いま帰《けえ》ったぜ」

「おっ、早かったじゃないか」

「そりゃあ近場も近場。麦ヤ横丁の奥の武家地でお声がかかったからさあ」

松次郎と竹五郎が戻ってきた。麦ヤ横丁を北へ過ぎれば、そこにも武家地が広がっている。その一帯は鋳掛と羅宇竹では、松次郎と竹五郎が確たる縄張にしている。

「お屋敷の中間さんたち、言ってたぜ。市ケ谷御門内の屋敷が盗賊を捕まえたって、えれえ評判だ」

「あのときもう一日市ケ谷をながしておればさ、御門の中からも声がかかってたかもしれねえ。惜しいことしたよ」

「ま、夜中じゃどうしようもねえしな」

出会えば捕まえるつもりだったのか、二人は言い、

「さあ。せっかく早く仕事を切り上げたんだ。湯だ、行こうぜ」

「あゝ」

松次郎も竹五郎も商売道具を木戸番小屋の前に置いたまま、ふところから出した手拭をひょいと肩にかけ、湯屋のほうへ勇んで行った。話題を持って湯に行くのは、庶民にとって大きな娯楽なのだ。このあと二人とも柘榴口《ざくろぐち》の中で、離れた市ケ谷御門の盗賊よりも、逆に町内のモミジの引越しを聞かされ残念がることだろう。それにしても、海幸屋の女将も言っていたが、大久保屋敷が盗賊を捕まえた話は、相当派手に出まわっているようだ。杢之助は松次郎と竹五郎の商売道具を、

「出かけるから一応、用心のため」

三和土に入れ、

「さあて」

出かけようとし、

（あっ）

思った。屋敷の門前に同心を呼び、そのまま大番屋に引かせればいいものを、彦左たちをわざわざ外濠の市ケ谷御門外まで引き出し、町方に物々しい人数を用意させ、茶汲み女や棒手振たちの見ている前で引渡して八幡町の自身番に引かせ、そこからさらに、馬子が見たという引かれ者の行列を組ませるなど、

（大久保屋敷の、すべて計算づくめのこと……）

そこに奉行所は乗せられた。

「ちょいと留守を」

清次の居酒屋に声を入れ、手習い処に行ったとき、大久保屋敷の用人と源造はすでに来ており、近くの飲食の店から出前させたのか、奥の部屋で真吾と簡単な酒肴《しゅこう》を囲んでいた。供は連れていない。旗本千八百石、旗奉行の屋敷の用人が外出に中間一人の供も連れていないなど、正常とは思えない。だが、かえって座はそのほうが無礼講になり、話もしやすい。町の番太郎もおなじ畳の上に同席できる。供の中間が来ておれば、一緒に玄関の板敷きに控えさせられるところだ。

「榊原どの、どうですかな。将軍家の陪臣《ばいしん》ということになるが、当家に仕官なさる気はござらぬか」

並みの浪人なら、飛びつきたくなる話だろう。

「あははは。旗本八万旗、用人まで渡りを入れなさるか」

真吾は返していた。旗本家の屋敷にとって、これほどの皮肉はない。徳川草創期の軍令をいまなお継承し、改革は一度もされていないのだ。そこに鶴川屋のような口入屋が跋扈《ばっこ》するすき間ができていたのだ。

「いや、これは手厳しい」

用人は頭をかいていた。そうした話のなかに、杢之助も加わった。

「不届きな鶴川屋を潰滅《かいめつ》なされたこと、市ケ谷どころか四ツ谷一帯にもえらい評判でして、いずこもその話でもちきりでございます」

皮肉である。盗賊捕縛の話に、大久保屋敷から家宝が持ち出された一件はすでに霧消し、屋敷内の中間や腰元たちが秘かに噂していた〝なにやらあったらしい〟ことなど新たな話のなかに埋没し、盗賊捕縛の動きの一環にされてしまっている。そうした話題に〝関ケ原の脇差〟が出てくることはもうなかった。

「いやあ、まっこと世話になった。おかげでわが大久保家、同輩の旗本家を何軒か助けることもできもうした」

「それはもう済んだこと。すべては個々の旗本家が悪いのではござるまい」

真吾の言葉に、源造はハッとしたようすを見せた。その言葉が、徳川家の体制そのものへの批判であることを、源造は感じ取ったのだ。

「うむ。長居は無用ゆえ、それがしは」

用人にも分かっているようだ。

「暗くならぬうちに」

はずしていた大小を手繰り寄せた。そろそろ室内は蠟燭の灯りが必要な時分になっていた。


「あははは、そりゃあそのときの用人さんの顔が見とうござんしたねえ」

座は杢之助の木戸番小屋に移っている。外は暗闇で物音一つしない。すり切れ畳の上で杢之助と向かい合っているのは、清次一人である。いや、二人になった。新たなチロリと肴《さかな》を盆に載せてきた志乃が三和土に立ったまま、話に加わったのだ。

「太一ちゃん、すっかりその気になって。包丁の修行をしたいって、きょう昼間、おミネさんに」

「えっ、一坊が自分から？　で、おミネさんはどのように」

「ただ、戸惑ったように」

「そういえば一坊、きょうもえらく熱心に、魚のうろこを削《そ》いでいたなあ。うーむ」

清次は直接聞かなかったようだ。あと二箇月で年が天保六年（一八三五）に変われば十二歳である。清次の前で、他の包丁人に魅了されたことを話すのは気が引けたのだろう。

「そういえばさっき、おミネさん。ここをのぞいたとき、寂しそうな、なにやら言いたそうな顔だったなあ。一坊の声は元気だったが」

「あしたにでも、あたしからおミネさんに、どう思っているか訊いてみましょうか」

志乃は真剣な顔になっている。杢之助も清次も、酔いが醒めた思いである。

「あしたなあ、儂、市ケ谷の海幸屋さんへ……そのとき、それとなく……」

「あら、杢之助さん。そろそろ火の用心にまわる時刻では」

「あ、そうだなあ」

話題を変えた。おミネはむろん杢之助も、できれば先に延ばしたい話である。

杢之助は珍しく清次と志乃を木戸番小屋に残し、ぶら提灯を腰に、拍子木を首に引っかけ、

「そうそう、あしたから焼き芋をやらなきゃなあ」

言いながらおもてに出た。

「火のーよーじん」

外から拍子木の乾いた音とともに、李之助のいくらか掠れた声が聞こえてきた。木戸番小屋の灯芯一本の灯りのなかに、

「おまえさん」

「あゝ」

志乃は清次の顔を見つめ、清次は短く返した。二人とも、

（この生活《たつき》を）

李之助にいつまでも送ってもらいたいのだ。

拍子木の音だけが、また聞こえた。もう、通りの中ほどまで行ったようだ。一膳飯屋の前だった。

（おミネさん。どうするね）

李之助は念じていた。この町に暮らし、李之助が悩むことは多いのだ。

あとがき

本編に〝紛れ者〟というのが出てくる。おもしろいと言っては語弊があるが、一風変わった泥棒と言うことはできよう。記録ではこの紛れ者、高禄の旗本屋敷だけでなく、なんと江戸城内にも侵入している。享保《きょうほう》十四年（一七二九）のことだが、中間《ちゅうげん》風体を扮《こしら》えた男が江戸城内に紛れ込み、本丸表玄関前で登城してきた旗本たちの印《いん》籠《ろう》や巾着《きんちゃく》を掏摸《すり》取った。度胸があって腕の立つ掏摸だったのだろう。記録に残っているのだから発覚して御用になったのだろうが、掏《す》られた武士こそいい恥さらしではなかったろうか。さらにある。おなじ享保十四年だが、大手御門内の御勘定所に二本差しの武士風体で紛れ込み、役人たちの刀を盗み出した事件もあった。中間風体は玄関前で屋外だったが、御勘定所は屋内である。犯人は浪人者で、町屋の小道具屋に盗んだ刀を売ったことから足がついた。

享保十四年といえば、本編の時代背景となっている天保年間より百年ほど前のことだが、このころからすでに幕府の官僚機構は弛緩《しかん》していたようだ。だから文化文政期から天保期、旗本屋敷や大名屋敷など、本編に見るような紛れ者の被害はかなりあったのではないか。つまり幕府組織の維持に無理があり、そこに紛れ者が入り込む余地が随所にあったことになる。本編はそれを背景とした。

　旗本には徳川幕府草創期に制定された軍役が課されていた。たとえば五百石では侍二人、鎧持《よろいもち》一人、弓持一人、槍持一人、草履取《ぞうりとり》一人、挟箱持《はさみばこもち》一人、馬の口取《くちとり》二人、小荷駄二人の計十一人を常時召し抱えておかねばならなかった。これが三千石なら五十六人、九千石なら百九十二人にも及んだ。主人の出仕のときには、それらが江戸城内濠《うちぼり》の城門まで送り迎えする。員数のそろっていることを示すためだ。目的は将軍の一声で馬前に馳せ参じられるよう、つまり非常の出陣に備えての軍役である。さらに屋敷の奥向きに相応の数の腰元も置いていなければならなかった。

　太平の世にあってこの軍役は形骸化し、どの屋敷も表面だけ繕《つくろ》って出費は極力抑えようとした。そこに生まれたのが、体面だけを保つ臨時雇いの渡り中間や渡り腰元たちだった。それら渡り者を周旋したのが口入屋《くちいれや》である。口入屋は市井《しせい》の溢《あぶ》れ者にはありがたい職業紹介所であり、武家にとっては体面を保つ重宝なものとなっていた。もちろん口入屋は主として商家の下男下女、職人の下働きや日傭取《ひようとり》（日雇い労働者）を扱い、それら顧客に武家もあったということである。

第一章の「市ケ谷の浮気亭主」から口入屋の鶴川屋《つるかわや》が出てくる。武家だけを対象とした奇妙な商いで、目的は紛れ込みよりさらに悪質なものだった。商舗《みせ》は市ケ谷で源造が一味の一人を尾行していると、四ツ谷左門町に入って行った。そこから杢之助が事件に巻き込まれることになる。その杢之助を突き動かしたのは、たまたま街道で見かけた、蓬髪で破れ笠を首に引っかけ江戸へ入ってきた若い男の姿だった。この章の最後の部分で杢之助は、自分がかつて心ならずも盗賊の一味に加わらなければならなかった日を回想する。それも、蓬髪の若い男を街道で見かけたからだった。

第二章は題名を「紛れ込み」としたように、紛れ込みが登場する。千八百石の旗本屋敷に紛れ者が入り込んでいたのだ。そこに杢之助ばかりか榊原真吾、清次も巻き込まれ、四ツ谷や市ケ谷からかなり離れた音羽町へと舞台が移る。そこに真吾が積極的に動いたのは、紛れ者が盗み出した対象が許せなかったからだ。その真吾に旗本家の用人は、〝武士〟のあるべき姿を感じる。

第三章は、音羽町まで出張《でば》った杢之助と真吾が紛れ者捕縛に活劇を演じる。だが、杢之助は必殺の足技を披露することができなかった。源造や奉行所の同心たちと連携した捕縛劇だったからだ。紛れ者は鶴川屋の一味と見ていたが、これが題名のとおり「見込み違い」だった。杢之助は源造に合力《ごうりき》するかたちで鶴川屋を探った。鶴川屋は盗賊で狙いを定めた先が、紛れ者の被害に遭った千八百石の旗本屋敷だった。さらにもう一つ、盗賊の動きがあった。そこに当初杢之助を動かした、蓬髪で破れ笠の若い男が巻き込まれようとする。

第四章の「救いの手」とは、杢之助の手そのものである。鶴川屋は杢之助と源造に動きを察知され捕縛される。その過程に杢之助、源造、旗本家が一体となって動くが、実はそれぞれに異なる思惑があった。とくに旗本家の思惑は巧妙なもので、武家の体面を保とうするものであった。

これらのながれに大事な要素となった妾《めかけ》のモミジ、それに海幸屋の夫婦がその後どうなったかまで描くことはできなかったが、そこは読者のご想像にお任せしたい。おそらくほのぼのとした想像をしていただけるものと思う。また、海幸屋に刺激された太一の今後に、おミネは大いに気を揉むことになる。四ツ谷左門町に人知れず生きたい杢之助には、まだまだ悩むことが降りかかってくることだろう。

平成二十三年　早春

喜安幸夫

この作品は廣済堂文庫のために書下ろされました。

特選
時代
小説

KOSAIDOBUNKO

木《き》戸《ど》の悪党《あくとう》防《ふせ》ぎ
大《おお》江《え》戸《ど》番《ばん》太《た》郎《ろう》事《じ》件《けん》帳《ちょう》 十九

2011年5月1日　第1版第1刷

著者
喜《き》安《やす》幸《ゆき》夫《お》

発行者
矢次　敏

発行所
廣済堂あかつき株式会社
出版事業部

〒104-0061 東京都中央区銀座3-7-6
電話◆03-6703-0964［編集］03-6703-0962［販売］Fax◆03-6703-0963［販売］
振替00180-0-164137　http://www.kosaidoakatsuki.jp

印刷所・製本所
株式会社廣済堂

ISBN978-4-331-61429-7　C0193